L'OFFICIER

FRANÇAIS,

A MILAN,

COMÉDIE

EN CINQ ACTES

ET EN PROSE.

Par le C.en MELCHIOR SOULIÉ, de Mirepoix,
ex-Capitaine à l'État-Major de l'armée d'Italie.

A FOIX,

Chez POMIÉS l'aîné, Imprimeur du Département
de l'Ariège.

An 7 de la République Française.

DÉDICACE

AUX ARMÉES FRANÇAISES.

BRAVES GUERRIERS,

C'EST sous vos auspices que doit paroître cet ouvrage, premier essai de mes foibles talents.

Des plumes plus habiles et plus exercées que la mienne célébreront vos victoires et transmettront à la postérité vos immortels exploits.

Pour moi, je m'estimerai trop heureux, si sur la Scène, où je fais figurer des Militaires Français, je puis leur faire recueillir les applaudissements publics, comme ils ont recueilli l'admiration de l'Europe, sur un théâtre plus digne de leur gloire.

Recevez favorablement, BRAVES GUERRIERS, l'hommage que vous présente un de vos anciens camarades, qui partagea quelquefois vos dangers et vos glorieux travaux, et qui n'ose entrer dans cette nouvelle carrière, qu'à l'ombre de vos drapeaux protecteurs.

Je suis, avec les sentiments que vous inspirez à tous les bons Français,

Votre Concitoyen,

MELCHIOR SOULIÉ.

PERSONNAGES.

Monsieur BELCAMPO, Financier.

Madame BELCAMPO, sa femme.

Mademoiselle ÉLÉONORE, leur fille.

ROSINE, suivante.

FLORVAL, Officier Français, amant d'Éléonore.

VALMIN, Grenadier Français, amant de Rosine.

Monsieur GÉRONIONI, Napolitain, prétendu d'Éléonore.

Le père SÉVÉRINO, Moine, Confesseur.

Une vielle fille de service.

La Scène est à Milan dans la Maison de M. Belcampo.

L'OFFICIER

FRANÇAIS,

A MILAN,

COMÉDIE.

ACTE PREMIER.

SCENE PREMIÈRE.

ROSINE, VALMIN.

VALMIN, *(courant après Rosine et l'attrapant).*

AH! je te tiens enfin, charmante Milanaise!

ROSINE.

Je suis hors d'haleine. —— Comme tu cours, Valmin!

VALMIN.

Oh ! oh ! c'est que les Français savent marcher le pas de charge. —— Te voilà prise pauvre petite. —— Hé-bien ! moi, qui suis généreux, qui suis un modèle de fraternité, quand je fais des prisonniers..... je les embrasse.

ROSINE.

Eh doucement, s'il vous plaît, Monsieur Valmin, avec votre *fraternité*.

VALMIN.

Ne te fâche pas, ma chère Rosine, c'est le prix de la course. —— Je suis aujourd'hui d'une gaieté, d'une tendresse —— Parlons sérieusement.

ROSINE.

Je n'ai pas le tems. —— Tu mériterais.....

VALMIN.

Encore ce baiser ? En France ça ne compte pas. —— Écoute ; sauras-tu te souvenir de l'aveu que ton cœur m'a fait, et tenir ta promesse aussi bien que tu sais te fâcher ?

ROSINE.

Que vous êtes exigeants, Messieurs les Français !

VALMIN.

Mais tu m'as bien promis d'être ma petite femme ?

ROSINE.

J'ai été assez bonne, il est vrai, assez étourdie pour te le promettre ; j'aurais peut-être mieux fait de te traiter à la française, de te faire languir et soupirer plus long-temps, d'être légère, capricieuse, inconstante, cruelle....

VALMIN.

Pourquoi, Rosine, avoir la cruauté de faire souffrir ce qu'on aime. Va, va, nos françaises ne sont pas plus inhumaines que toi. —— Je t'ai offert ma main, achève mon bonheur en l'acceptant aujourd'hui. —— Suivante aimable de la charmante Éléonore, tu aurais épousé autrefois un *Frontin*, un *Sganarelle*, un *Lafleur*, un *Pasquin* : Valmin, un grenadier Français, vaut bien, je crois, tous ces gens-là ; tu sais d'ailleurs que....

ROSINE.

Oui, oui, dès ce jour sa femme. —— Comme il va vîte; les voilà Messieurs les Militaires, des belles paroles, et puis..... zeste...

VALMIN.

Je te prie de croire que Valmin.....

ROSINE.

Il suffit : il suffit; nous en parlerons quand il sera temps. Madame Belcampo est aujourd'hui, comme on dit, *d'humeur hérissonne ;* je ne veux pas me faire attendre, je te quitte.

VALMIN.

Et tu t'en iras ainsi sans me dire un seul mot des amours de la charmante Éléonore et du Capitaine Florval ?

ROSINE.

La pauvre Mademoiselle Éléonore !.. je manquais de te dire qu'elle est enfermée dans l'appartement de sa mère qui la bien grondée. —— Elle est bien malheureuse ; elle languit, elle se meurt d'amour.

VALMIN.

C'est bien de même du capitaine. Tu le sais. —— Depuis que le Régiment est arrivé, et qu'un heureux hazard a bien voulu nous loger chez vous pour y passer le quartier d'hiver, l'amour nous a blessés au cœur l'un et l'autre.

ROSINE.

Sais-tu, Valmin, ce qui chagrine le plus Éléonore, et oppose le plus grand obstacle aux amours du Capitaine ?

VALMIN.

Eh-bien ?

ROSINE.

C'est ce vieux, cet insupportable Geronioni, que sa mère veut à toute force lui donner pour époux.

VALMIN.

Il faut parbleu qu'elle le réfuse.

ROSINE.

Et ce père Sévérino, ce jeune confesseur qui dirige à son gré Madame Belcampo, et qui n'est rien moins que favorable au Capitaine Florval ?

VALMIN.

Je me suis toujours douté que ce Monsieur le moine n'aimerait pas les Grenadiers Français.... Ah! mon révérend père...... nous nous brouillerons.....

ROSINE.

Garde-toi bien de lui dire la moindre chose ; songe que c'est le confesseur de Madame Belcampo, et que si elle savait..... Mais il y a long-tems que je suis sortie. —— Je m'oublie toujours avec toi —— Adieu.

VALMIN.

Un moment je te prie.....

ROSINE.

Je n'ai que trop attendu; la vieille maman doit être surprise de mon absence.

VALMIN.

Tu ne veux pas jaser encore une minute ?

ROSINE (*fuyant*).

Je ne puis.

VALMIN, (*faisant semblant de la poursuivre*).

Ah! friponne !

SCÈNE II.

VALMIN, (*seul*).

Elle est d'honneur tout-à-fait gentille, cette petite Milanaise. —— Le charmant pays ! Que de jolies femmes ! Il faut qu'ils n'aient jamais vu l'Italie, ces *grands observateurs* qui nous en dégoûtaient en nous disant qu'on n'y trouvait que des chapelets et des madones. —— Ah! oui, des madones; mais c'est qu'elles sont d'une jolie tournure : si je puis parvenir à épouser celle-là, je vais la conduire en triomphe chez moi comme un trésor qu'un voyageur a découvert en pays étranger. —— He ma foi ! je n'aurais pas tant de tort: outre que Rosine est jolie, elle a de l'esprit sans prétentions ; elle est aimable sans coquetterie ; elle est franche, sensible, tendre ; je la crois fidèle, et même que'q'r'autre chose..... Quel bonheur! quel bonheur! si je puis la posséder ! Une telle femme, en France, serait, je crois, le plus rare chef-d'œuvre venu de l'Italie.

SCÈNE III.

FLORVAL, VALMIN.

FLORVAL.

QUE tu es gai, Valmin !

VALMIN.

Je suis fou de joie.

FLORVAL.

A quel sujet ?

VALMIN.

Je viens de quitter Rosine.

FLORVAL.

Eh-bien, t'a-t-elle parlé d'Éléonore ?

VALMIN.

Savez-vous qu'elle est toujours plus charmante, et je crois plus amoureuse ?

FLORVAL.

Avez-vous conféré des moyens à prendre ?

VALMIN.

Si nous avons conféré.... Parbleu je le crois.

B

FLORVAL.

Espère-t-elle que nous puissions écarter bientôt tous les obstacles qui s'opposent....

VALMIN.

J'ai fait mes propositions et mes sommations. —— On ne tardera pas à capituler, et je prends demain possession de la *place*.

FLORVAL.

L'original! qu'il est heureux! le plaisir lui fait tourner la tête. —— Ce n'est pas de Rosine que je te parle; je ne doute pas de tes succès; il s'agit d'Éléonore, de Mademoiselle Belcampo, de mon amante enfin.

VALMIN.

Expliquez-vous donc.... Je croyais, en vérité, que vous parliez de mon mariage prochain. —— Eh-bien, Mademoiselle Éléonore. —— Elle est triste aujourd'hui plus que de coutume, à ce que m'a dit Rosine, et sa mère la force de rester dans son appartement.

FLORVAL.

Sais-tu pourquoi cet ordre sévère?

VALMIN.

Ne le présumez-vous pas? Cette mère toujours méchante, toujours impérieuse, pour la soustraire à vos poursuites militaires, a voulu sans doute l'entretenir en secret de ce Monsieur Geronioni, avec lequel elle travaille, comme vous savez, à la marier; et puis, ce cafard de père Sévérino, à la suite de quelque sermon contre les Français, que les gens de sa robe n'aiment guères, aura voté pour la réclusion. —— Que sais-je enfin?

FLORVAL.

Ce prétendu qu'on m'oppose, je le connais; ce n'est point un rival redoutable.

VALMIN.

Pour celui-là, j'en réponds; je ne lui conseillerais pas de rompre une lance avec des paladins comme nous.

FLORVAL.

Rien ne m'offusque tant que ce moine : intrigant comme il

paraît l'être, c'est un ennemi difficile à vaincre, et également difficile à écarter.

VALMIN.

Je suis bien heureux, quand j'y pense, d'avoir tant avancé la besogne ; sans quoi quelque moine maudit, serait encore venu, peut-être, mettre un *embargo* sur ma maîtresse.

FLORVAL.

Si Madame Belcampo était moins fanatique, moins engouée de son directeur, si sa tête était moins remplie de principes et d'idées ridicules, on pourrait enfin lui parler.— Mais non.—La tentative serait vaine.—Eh que peuvent les armes de la raison, les procédés les plus honnêtes, la probité même et la vertu, contre des préjugés et des préventions bisarres, fortifiées par l'habitude et par l'âge, dans l'esprit foible d'une femme dévote, que dirige un prêtre hypocrite ?

VALMIN.

Voilà vraiment un grand embarras que ce moine.

FLORVAL.

Encore si Monsieur Belcampo était un homme à caractère ; mais soit par bonté, soit par faiblesse, il est entièrement l'esclave des caprices de sa femme.—N'importe ; ne désespérons pas ; il a toujours paru m'être sincèrement attaché ; — que sait-on ! peut-être parviendrai-je à lui inspirer un moment d'énergie qui suffira pour me faire triompher.

VALMIN.

Le voici qui vient fort à-propos ; je vous laisse.— Je vais rejoindre, s'il est possible, Rosine, et voir ensemble le système d'opérations qu'il conviendra de suivre pour seconder vos efforts, et déjouer les complots des ennemis.

SCÈNE IV.

Monsieur BELCAMPO, FLORVAL.

M. BELCAMPO.

BOn jour, Capitaine Florval, bon jour. — Eh quoi ! je ne vois point briller sur votre visage cette gaieté française

que j'aime tant ! —— Mon ami, vous serait-il survenu quelque
fâcheuse affaire ? Auriez-vous à vous plaindre de quelqu'un
de ma maison ? Je n'entends pas qu'aucun genre de soins
manque aux braves Français qui sont logés chez moi.

FLORVAL.

Je n'ai qu'à me louer, Monsieur Belcampo, de votre
politesse et de la complaisance de tout ce qui vous entoure.

M. BELCAMPO.

On ne saurait trop en avoir pour un homme aussi honnête
que vous ; et si mon amitié pouvait vous être de quelque
prix, je n'hésiterais point à vous dire que depuis long-tems
elle vous est acquise.

FLORVAL.

Ah ! c'est dans cette amitié que vous avez bien voulu
m'accorder, que réside tout mon espoir.

M. BELCAMPO.

Parlez, mon cher Florval, et ne craignez point de me
fournir l'occasion de vous la témoigner.

FLORVAL.

Vous me voyez triste, Monsieur Belcampo ; apprenez-
en la cause. —— Ce n'est pas la première fois que je vous
entretiens de mon amour pour Mademoiselle votre fille,
pour l'aimable Éléonore ; je vous ai ouvert à ce sujet mon
ame toute entière. —— Alors je me flattais, que, voyant la
droiture de mes intentions, la délicatesse de mes sentimens,
après que le cœur d'Éléonore aurait parlé, vous rappro-
cheriez, autant qu'il serait possible, l'heureux instant de
notre union. —— Hélas ! deux mois se sont écoulés, et mon
bonheur est encore incertain ; et Madame Belcampo, de
l'avis du père Séverino, et sans vous consulter, veut donner
un autre époux à Éléonore.

M. BELCAMPO.

Calmez vos allarmes ; je suis toujours le même à votre
égard, mon cher Florval : et quant à ma femme, pensez-vous
qu'elle dispose de ma fille sans m'en prévenir ?

FLORVAL, (d'un ton animé.)

Vous ne connaissez donc pas, Madame Belcampo,
Monsieur ?....

M. BELCAMPO.

Je crois véritablement que dans les circonstances actuelles, l'idée que vous êtes étranger et militaire, allarme un peu sa tendresse extrême pour Éléonore dont elle ne pourrait se séparer.

FLORVAL.

Je ne suis point ici un étranger dont on ignore le nom et la fortune : mon père est assez connu ; ses relations commerciales et ses correspondances s'étendent au loin, et sur-tout en Espagne et en Italie.

M. BELCAMPO.

Mais personne ne doute assurément.....

FLORVAL.

Vous ne pénétrez pas les projets de Madame Belcampo, Monsieur, si vous croyez qu'elle ne forcera point le choix de sa fille. —— Je sais, à ne pouvoir en douter, que sans raison elle me hait, qu'elle travaille à donner à Éléonore Monsieur Géronioni pour époux, que le moine qui la dirige l'y excite, et que cette fois encore il faudra que votre volonté cède à la sienne. —— Pardonnez, Monsieur, si je parle avec tant de feu d'une affaire qui intéresse si vivement le bonheur de ma vie.

M. BELCAMPO.

Vous vous trompez, mon cher Florval, ma femme ne vous hait pas ; elle vous voit au contraire avec plaisir. —— (à part.) Donner ma fille à Monsieur Géronioni sans ma participation..... Si je pouvais le croire !

FLORVAL.

Oui, Monsieur... Si dès ce jour vous ne vous opposez à ce mariage. Je connais l'ascendant que votre épouse a sur vous. —— Demain, peut-être, il ne sera plus temps.

M. BELCAMPO.

Quoi, mon ami! vous pensez que ma femme voudrait.....

FLORVAL.

Ah ! je pense, Monsieur, que vous êtes trop bon, et que je suis..... bien malheureux.

M. BELCAMPO.

(*A part.*) Cela est vrai ; je le sens ; je suis trop bon. —
(*haut.*) Eh-bien ! il ne sera pas dit que ma femme commade
ici en souvairaine, sur-tout quand il s'agit des intérêts de
ma fille.—Je suis tranquille ; je n'aime point à m'emporter ;
j'ai cédé souvent pour éviter des quérelles que je déteste :
mais enfin si l'on pousse à bout mes bontés et ma patience,
j'éclaterai pour la première fois, j'éclaterai, et je saurai bien
faire voir qu'il n'y a ici d'autre maître que moi. — Florval
mon ami, soyez tranquille.

FLORVAL.

La charmante Éléonore est l'unique objet qui m'intéresse
au monde. Je mourrai de douleur si elle m'était ravie. —
Monsieur Belcampo, c'est en vous seul que j'espère (*Il sort.*)

M. BELCAMPO.

Que ce Capitaine Florval est intéressant ! Je lui parlerai
à ma femme.... Je lui parlerai. (*Il va vers la porte*). Mais
la voici...

SCÈNE V.

M. BELCAMPO, Mad. BELCAMPO.

Mad. BELCAMPO.

Ou allez-vous si vîte, Monsieur ?... Vous étiez en grande
conférence avec Monsieur Florval ; je l'ai vu sortir ; sans
doute qu'ensemble vous faisiez quelque brillant projet et
que...

M. BELCAMPO, (*d'un ton d'humeur*).

Hé depuis quand, Madame, dois-je vous rendre compte
de mes actions ?

Mad. BELCAMPO.

Point d'humeur, Monsieur, point d'humeur. — Je suis
sûre qu'il vous parlait de son mariage avec Éléonore ; car
je sais qu'il ne manque pas un seul jour de vous faire ses
lamentations à cet égard : mais qu'il y rénonce ; qu'il se

détrompe. —— Oui sans doute, je donnerais ma fille à un étranger, à un officier arrivé depuis quatre jours.....

M. BELCAMPO (1).

Vous vous échauffez bien vîte, Madame.

Mad. BELCAMPO.

Je ne me laisserai point surprendre moi, Monsieur, aux phrases élégantes, aux brillantes promesses de ces chevaliers à bonne fortune.

M. BELCAMPO, (à part).

Je voulais lui faire des reproches, et c'est elle qui me gourmande....

Mad. BELCAMPO.

Nous connaissons les Français, et sur-tout Messieurs les Officiers. —— Courir par-tout de belle en belle; se fondre auprès d'elles en galanterie, en soupirs, en protestations, en sermens, pour les séduire. Si elles résistent après ces premiers essais, se jetter à leurs pieds, pleurer, se dépiter, se désoler, prendre toutes les formes d'un désespoir amoureux, et ne cesser leurs folies romanesques que lorsqu'ils sont parvenus à fasciner les yeux de celles qu'ils poursuivent; enfin les abandonner, les mépriser, les railler, les dénigrer quand ils ont obtenu leurs faveurs : voilà les talens, les occupations et les prouesses de ces Messieurs.

M. BELCAMPO, (à part).

Quel bavardage, ô Ciel!

Mad. BELCAMPO.

Pour eux le mariage n'est qu'un prétexte pour colorer leur libertinage; l'amour conjugal, un ridicule du bon vieux tems; la constance, un esclavage insupportable; la fidélité une chimère; l'honneur des femmes un préjugé.

M. BELCAMPO, (à part).

Elle ne me laissera pas placer un mot. (haut). Madame.....!

(1) En ce moment la porte du sallon s'entrouvre, Rosine, Valmin, Éléonore et Florval écoutent.

Mad. BELCAMPO.

Ils n'ont ni Dieu, ni religion, ni mœurs.

M. BELCAMPO.

Madame !

Mad. BELCAMPO.

Et voilà pourtant les illustres personnages à qui Monsieur ne rougirait point...

M. BELCAMPO, (très-haut.)

Finirez-vous enfin, Madame, de parler et de m'insulter.

Mad. BELCAMPO.

Hé quoi! Vous voudriez m'imposer silence, Monsieur... Il serait singulier...

M. BELCAMPO.

Madame, vous commencez à m'impatienter...

Mad. BELCAMPO.

Depuis quand ne pourrais-je plus défendre les intérêts de ma fille, et vous faire sentir vos torts, Monsieur ?

M. BELCAMPO.

Madame Belcampo, vous me forcerez d'éclater.

Mad. BELCAMPO.

Peu m'importe que vous éclatiez, Monsieur. —— Je parlerai, j'en ai le droit, oui, oui, je parlerai.

M. BELCAMPO, (à part, mais assez haut pour être entendu).

Quelle bavarde impitoyable !

Mad. BELCAMPO.

Je crois que vous me manquez, Monsieur. —— C'est bien à vous. —— Croyez-vous traiter votre femme comme une petite bourgeoise ? Avez-vous oublié qui je suis, et que vous parlez à la fille du Comte de *Bufalini* ? —— O Dieu le sang des nobles outragé ! ! !

M. BELCAMPO, (à part).

Ma patience est à bout. —— (haut.) Madame Belcampo.... Ma femme... Profitez du sage conseil que je vous donne; modérez un peu vos paroles indiscrètes; éloignez-vous, et laissez-moi tranquille.

Mad:

Mad. BELCAMPO.

Moi m'humilier au point de paraître vous craindre? Non, non; je reste. —— Je suis ici pour braver vos emportemens, Monsieur....

M. BELCAMPO, (à part).

J'enrage. —— Elle ne se tairait pas. —— Soyons plus sage qu'elle. —— Évitons un éclat scandaleux. —— Fuyons. (haut). Au diable la plus babillarde, la plus capricieuse, la plus orgueilleuse, la plus... insupportable des femmes. Ouf... (Il sort).

SCÈNE VI.

Mad. BELCAMPO, (seule.)

O Ciel! j'ai peine à contenir ma juste fureur, prête à éclater contre cet... impudent, de qui j'ai honte d'être la femme. Mais il faut obéir à ma religion qui me commande de supporter tranquillement les injures d'un sot, d'un maussade, d'un insolent mari. —— Allez, Monsieur; je vous ferai bientôt repentir de vos impertinences. —— Oui, dussé-je rompre avec lui, m'en séparer pour jamais, je soutiendrai l'honneur de mon sexe, et de mon sang; je disposerai de ma fille à mon gré, et je commanderai seule dans ma maison. (Elle sort.)

ACTE II.

SCÈNE PREMIÈRE.

ÉLÉONORE, FLORVAL, VALMIN, ROSINE

ROSINE, (entrant la première).

GRACE au ciel Madame Belcampo est enfin sortie. —— La maison est en paix. —— (en se tournant vers Éléonore)

Nous pouvons rompre nos arrêts, Mademoiselle, et respirer un instant. —— Quelle femme, bon Dieu ! comment trouve-tu, Valmin, qu'elle a traité tantôt son pauvre mari, et qu'elle a habillé Messieurs les Français ?

VALMIN, (*tout près de Rosine*).

Elle a mis la dernière main à notre toilette. —— Je croyais que ce n'était qu'en France qu'on pouvait trouver des têtes de femme d'une méchanceté aussi rare ; mais je m'apperçois que c'est par tout même cervelle ; celle-là, par exemple, possède, je crois, le *maximum* de la malice femelle....

ÉLÉONORE, (*s'avançant sur la Scène*).

Après ce que vous avez entendu ; après ce que vous avez vu, Florval, voyez quel espoir nous reste.

FLORVAL.

Je ne désespère de rien, belle Éléonore, si votre cœur est toujours le même. —— Ne dois-je pas craindre cependant que le portrait horrible qu'a fait de nous votre mère, ne m'ait enlevé une partie de votre amour, et n'ait ébranlé votre résolution ?

ÉLÉONORE.

Je ne pourrai jamais croire que Florval soit fourbe, et méchant comme les Français dont a parlé ma mère.

FLORVAL.

Ah ! je serais indigne de vous, si je ressemblais en rien à des hommes aussi pervers. —— Mais votre mère est bien injuste et bien emportée, Éléonore. —— Ces Français qu'elle a dépeint sous les plus noires couleurs, ne sont point un peuple sans bonne foi, sans honneur, sans délicatesse ; leur loyauté, leur franchise, leur probité sont aussi connues que la gloire de leur nom et le triomphe de leurs armes.

ÉLÉONORE, (*à Rosine*).

Avec quelle noblesse, il défend sa Patrie... !

FLORVAL.

Je ne vous parle point de l'irréligion et de l'impiété que votre mère nous reproche encore ; de telles inculpations inventées par des prêtres désespérés de leur nullité, et répétées par leurs ardents prosélytes, ne peuvent s'accréditer qu'aux yeux de l'ignorance la plus stupide ou de la plus farouche intolérance. —— La morale de la nature est bien préférable à celle des prêtres ; douce et touchante , sa voix dit à tous les cœurs , qu'ainsi que la vertu l'amour est de toutes les religions.

VALMIN, (à Rosine).

Voilà de la bonne philosophie, ma chère, hém ?

FLORVAL.

Que la belle Éléonore soit mon juge ! elle a vu mes procédés, ma conduite, mes intentions ; son cœur doit avoir appris à connaître le mien. Qu'il prononce sur le sort de l'infortuné Florval. Quelque soit votre arrêt , Éléonore , ô vous dont la haine ou l'indifférence causerait la mort d'un amant , qui vous adore ! j'atteste ici l'honneur si sacré chez les Français, que jamais ni le mensonge ni le projet ô dieux de tromper votre jeunesse et votre ingénuité n'entrerent dans le cœur de Florval.

ÉLÉONORE, (à Rosine).

Ah ! je suis toute émue, Rosine, non, il n'est pas possible que Florval ne soit qu'un trompeur.

FLORVAL.

Vous, hésitez de répondre , Eléonore. —— C'en est donc fait j'ai perdu votre estime et votre amour ?

ELEONORE, (avec beaucoup d'émotion).

Florval....!

FLORVAL.

Hélas....!

ELEONORE, (d'un ton plus rassuré).

Jeune et sans expérience, à peine faisant les premiers pas dans un monde qui m'était inconnu , il est vrai mon cœur tremblant et timide ; s'est effarouché des couleurs affreuses que ma mère a répandues sur le portrait des Français. —— Quelques instants , je l'avoue, j'ai flotté dans une cruelle incertitude ; mais au milieu des craintes que me causait mon amour allarmé, Eléonore n'a point commis

C 2

l'injustice de vous confondre avec ces hommes faux et sans délicatesse, qui n'empruntent les paroles de l'amour, que pour mieux se jouer de l'honneur et de la réputation des femmes. —— Florval s'est toujours offert à mes yeux sous des traits plus favorables. —— Eh quoi, me disais-je, Florval, sensible, trahirait Eléonore, qui l'aime...! Hé quoi, tant de promesses, de serments, d'assiduité, de constance, de tendresse, ne seraient que des artifices inventés pour me séduire, pour tromper mon inexpérience et ma crédulité...! Non, Florval, non ; Eléonore qui juge de votre ame d'après la sienne, repousse avec horreur une pareille idée ; que dis-je ! Florval, je ne rougis point de vous l'avouer, bien loin que mes sentiments pour vous se soient affoiblis, vous avez plus que jamais mon estime et ma tendresse.

FLORVAL.

Ah! belle Eléonore! cet aveu si précieux à mon amour, en me rendant mes espérances les plus chères, m'élève en un moment au faîte du bonheur. —— (*à part*). Il faudrait être un monstre pour vouloir tromper un cœur si naïf et si tendre. (*Scène muette avec Eléonore*).

VALMIN.

Bon, bon ; voilà comme il me tardait de vous voir.... Et nous Rosine, sommes-nous toujours à la hauteur des circonstances? *Nas-tu pas été toi aussi effarouchée de toutes ces noires couleurs?* —— *Ton cœur tremblant et timide n'a-t-il pas flotté quelques instants....? O Rosine, si chère! ô Rosine! dont la haine ou l'indifférence causerait la mort d'un amant qui t'adore..! Rosine.... Ah! Rosine* mais je crois tout de bon que je vais lui débiter aussi du pathétique et du larmoyant.... Ouf... Qu'est-ce que c'est que la tendresse des Français..! Laissons-la ce langage fastidieux des romans, et dis-moi naïvement, Rosine, si, en dépit des coups de pinceaux de Madame Belcampo, tu m'aimes toujours....

ROSINE.

Il faudrait être bien dupe, pour croire tout ce que nous conte Madame Belcampo. —— Vous n'êtes pas les seuls, Messieurs les Français, qui n'ayez pas l'honneur de lui plaire... Elle traite de même tous les jeunes gens. —— C'est le vice des vieilles femmes, quand elles ne peuvent plus inspirer de l'amour, elles disent du mal des hommes et font des sermons aux jeunes filles ; —— pour moi, sur ce chapitre, je ne l'écoute guères.

VALMIN.

Ta naïveté m'enchante, Rosine ; mais dis-moi là si tu m'aimes toujours.

ROSINE.

Faut-il encore le répéter.

VALMIN.

Rosine....

ROSINE.

Quelle importunité.

VALMIN.

Rosine....

ROSINE.

Eh-bien oui, car tu ne me laisserais pas en repos.

VALMIN.

Bravo ! bravo ! nous voilà tous quatre d'accord.

ROSINE, (à Éléonore).

Maintenant, Mademoiselle, il est prudent je crois de nous retirer, car si votre mère...

VALMIN.

Non, s'il vous plaît Mademoiselle ; comme vous êtes leste pour lever la séance. —— Mon Capitaine, voulez-vous vous marier avec Mademoiselle Belcampo ?

FLORVAL.

En peux-tu douter ! depuis long-tems j'aspire à ce bonheur.

VALMIN.

Moi aussi avec Rosine. —— Mais pour cela il ne faut pas s'amuser à philosopher, ni s'endormir un seul instant.

FLORVAL.

Non, mon cher Valmin, non ; le tems presse, je le sais, il faut agir, il faut agir de suite, et si nous pouvions aujourd'hui....

VALMIN.

Altelà ; aujourd'hui.... Comme vous allez rondement ; un prétendu, riche et protégé, qu'on vous oppose, le directeur de la mère, jeune et hypocrite, à coup-sûr, qui est aussi *du parti de l'opposition* ; voilà plus de besogne que pour la prise d'un poste ou d'une redoute. —— Moi c'est ma coutume, je raisonne d'une expédition d'amour comme d'une expédition de guerre. —— Il s'agit donc, dans cette affaire qui sera décisive, de développer nos talents communs : les bons Généraux se concertent ; concertons-nous aussi ; ils tiennent conseil de guerre, tenons, nous, conseil d'amour. —— Toutes fois ne précipitons rien ; encore quelques instans ; prenons des informations, des renseignemens, épions, étudions notre ennemi. Tâchons de découvrir son côté foible ; cela fait, nous arrêtons définitivement notre plan, nous préparons, nous combinons nos moyens d'aggression ; avant le combat, en chevaliers galants, nous embrassons nos Dames ; enfin, nous donnons le signal et nous *battons le pas de charge*, ou nous marchons à la *sourdine*, suivant les circonstances.... Chût.... (*Ils prêtent tous l'oreille un instant*). Battons en retraite en attendant, —— car j'entends la voix de Madame Belcampo.

SCÈNE II.

Madame BELCAMPO, le Père SEVERINO.

Le père SEVERINO.

Oui, nous ne saurions trop le répéter, Madame Belcampo ; c'est une véritable calamité publique que l'arrivée des Français dans ces contrées.

Madame BELCAMPO.

Il semble, mon père, que le ciel nous ait abandonnés.

Le père SEVERINO.

Ou plutôt il semblerait, Madame, que ces jours de désolation et d'abomination dont parlent nos saints prophètes, sont près d'arriver. —— Vous savez quels signes terribles doivent les précéder !

Madame BELCAMPO.

O mon père, vous me faites trembler !

Le père SEVERINO.

Si nous ne parvenons à fléchir la colère céleste, par la

ferveur de nos prières, un torrent de maux est prêt à nous accabler. —— Depuis que nos campagnes et nos villes sont inondées de soldats étrangers, il semble qu'un vent pestilentiel souffle sur nous la corruption... Hélas ! elle a fait des progrès effrayants dans la multitude, et son poison semble vouloir filtrer jusques dans les familles les plus honnêtes.

Madame BELCAMPO.

Ah ! mon père ! c'est un grand malheur : mais comment nous en préserver ? nous sommes forcés de recevoir chez nous ces étrangers, et nos jeunes Demoiselles sont continuellement exposées à leurs propos séducteurs.

Le père SEVERINO.

Que ces jeunes, ces tendres ouailles, fuient comme la peste ces animaux voraces, qui ont sans cesse la griffe levée pour les terrasser, et la gueule ouverte pour les dévorer.—— Que votre fille, la douce, l'innocente Eléonore, évite soigneusement leur dent meurtrière ! avec quelle volupté criminelle ils savoureraient une si belle proie ! vous êtes sa mère, Madame, et vous devez veiller....

Madame BELCAMPO.

Que puis-je moi seule, mon père, ma surveillance et mes soins sont insuffisants ; j'ai le plus grand besoin de vos lumières et de vos secours.

Le père SEVERINO.

Vous avez été témoin du zèle avec lequel j'ai travaillé à la détourner de son attachement irréfléchi pour cet Officier Français Florval, dont les dehors imposteurs et la fausse vertu sans doute l'ont séduite ; vous savez aussi que je ne puis me flatter encore d'une entière réussite ; nous avons cependant les plus belles espérances, et avec le secours du ciel nous y parviendrons sans doute.

Madame BELCAMPO.

Qui pourra réussir, mon père, si ce n'est vous qui possédez le don de la sagesse.

Le père SEVERINO, (d'un air imposant).

Madame, il est une mesure pour soustraire à jamais votre fille aux poursuites de ce séducteur ; vous avez depuis long-tems le dessein de la donner en mariage à M. Géronieni; hé-bien, Madame! hâtez le moment de cette union; qu'aujourd'hui même elle soit conclue; et votre Eléonore est sauvée du danger imminent qui la menace...

Madame BELCAMPO.

Votre conseil, mon père, est digne de la prudence qui l'a dicté : mais Monsieur Belcampo ne s'y opposerait-il pas ? Voilà la crainte qui me reste.—— Tout à l'heure à l'occasion de Monsieur Florval, dont à la vérité je ne lui faisais pas l'éloge, il s'est si vivement emporté, qu'il m'a fallu toute *la modération* et *la patience* que nous commande la religion, pour pouvoir contenir ma vivacité.

Le père SEVERINO.

N'importe, faisons consentir votre fille, ne négligeons pour cela; mettons tout en usage; employons même autorité, s'il est nécessaire; oui, faisons la consentir de quelque manière et à quelque prix que ce soit; quand il s'agit de sauver une âme, tous les moyens ne nous sont-ils pas permis ? Tels sont les ordres de Dieu, Madame; je le répète donc, faisons-la consentir aujourd'hui, aujourd'hui même, et Monsieur Belcampo, respectant le choix de sa fille, s'empressera d'y souscrire.—— Tous nos soins doivent donc se tourner vers Eléonore.

Madame BELCAMPO.

Je vais la faire rendre auprès de vous, mon père (*Elle s'avance vers la porte.*) Rosine........

ROSINE (*se présentant.*)

Madame.

Madame BELCAMPO.

Appellez votre Maîtresse.

ROSINE.

Cela suffit. (*Elle rentre.*)

Madame BELCAMPO (*revenant vers le Père Severino.*)

Ministre de la religion et son directeur en même tems, personne n'est plus propre que vous à préparer et persuader son jeune cœur. Elle vient.

SCENE

SCÈNE III.

Les précédents, ELEONORE, ROSINE.

Le père SEVERINO, (*à part sur le devant de la Scène*).

Dieu ! quelle beauté ravissante, je ne puis voir ses charmes que tous mes sens n'en soient bouleversés.

Madame BELCAMPO.

Approchez, ma fille ; voilà le père Sévérino.——Ecoutez ses conseils, Eléonore, ce sont ceux de Dieu même qui l'inspire ; rendez-vous digne , par la manière dont vous saurez en profiter, de ses bontés paternelles et de l'amour de votre mère.——Restez, Rosine ; vous ne serez pas de trop ; vous pourrez aussi tirer quelque profit de cet entretien. (*elle sort*).

Le père SEVERINO, (*d'un ton mielleux*).

Mademoiselle Belcampo, êtes-vous fâchée de me voir ? Je ne suis point, vous le savez, de ces directeurs qui, la sévérité peinte sur le front, intimident les jeunes personnes par leur abord farouche.

ELEONORE.

Que voulez-vous me dire , mon père, je vous écoute.

Le père SEVERINO.

Je viens, animé du zèle le plus pur, travailler au grand œuvre de votre bonheur et de votre salut.——Vous, Eléonore, si pénétrée des devoirs que la religion vous impose , vous, la meilleure et la plus tendre des filles, vous ne voudriez pas répandre l'affliction sur les jours de vos chers parents ; vous les respectez , vous les aimez trop pour vouloir leur causer la moindre peine ; n'est-il pas vrai Eléonore ?

ELEONORE.

C'est ainsi que j'ai toujours pensé.

D

Le père SEVERINO.

Adorable personne! je reconnais bien à cette réponse les sentiments de votre belle ame. —— Puisque vous savez si bien honorer et cherir vos parents, vous saurez de même leur obéir.

ROSINE, (à part).

Comme il la regarde..!!

Le père SEVERINO (d'un air tartuffe.).

L'obéissance doit être la première vertu de la jeunesse, et Eléonore qui l'a toujours possédée, est prête à la mettre en pratique; n'est-ce pas, Eléonore?

ELEONORE, (reculant un peu).

Oui, mon père.

Le père SEVERINO.

Pardonnez, Mademoiselle, je suis forcé de vous parler de très-près; le jeûne et la mortification ont affoibli mon organe.

ROSINE, (à part).

Il paraît que ses yeux ne font pas pénitence.

ELEONORE.

Qu'exige-t-on de moi, mon père?

Le père SEVERINO.

Exiger, Eléonore! oh......!

ROSINE, (à part).

Tous ces détours n'annoncent rien de bon.

ELEONORE.

Eh-bien mon père?

Le père SEVERINO.

C'est un avis des plus essentiels, des plus salutaires...!

ROSINE, (à part avec le ton de l'impatience).

Quelle fureur ces moines, de donner des avis quand on ne leur en demande pas.

Le père SEVERINO.

Vous avez dix-huit ans, Eléonore, c'est l'âge le plus critique pour la vertu ; c'est à cet âge, hélas ! que trop souvent elle expire.—— Il est donc du devoir de ceux que la providence vous a donnés pour gardiens et pour guides, de vous garantir de la tentation, et d'ôter à l'esprit séducteur, tout espoir de vous attirer dans ses pièges funestes. —— Le mariage est le port assuré, qui seul peut mettre votre innocence à l'abri de tous les écueils, et je viens vous le proposer.

ROSINE, (à part).

Nous y voici....

ELEONORE, (naïvement).

Vous savez sans doute le nom du jeune homme ?

ROSINE, (à part).

Le nom du jeune homme..... Ah ! quelle est bonne !

Le père SEVERINO.

Il vous faut un époux dont la fortune soit assortie à la vôtre, dont la tendresse ne soit point l'effet d'une simple fantaisie, dont la trop grande jeunesse ne fasse pas craindre la légéreté, l'inconstance, le caprice ; dont les sentiments soient aussi solides que vous êtes belle, et les intentions aussi pures que vous êtes vertueuse ; un époux enfin, digne de posséder un si rare objet.——Monsieur Géronioni qu'on vous destine réunit toutes ces qualités.

ROSINE, (à part).

Nous connaissons trop bien l'orginal ; le portrait quelque flatté qu'il soit ne fera pas des conquêtes.

Le père SEVERINO.

Eléonore, en l'acceptant dès ce jour pour époux, comblera les vœux de ses parents et de ses vrais amis.

ELEONORE.

Je ne saurais, mon père, le promettre.

Le père SEVERINO.

Serait-ce le mariage qui allarme votre pudeur.

ROSINE, (à part).

C'est bien de ça qu'on s'allarme......

ELEONORE.

Il en coûte beaucoup à mon cœur sensible, de contredire pour la première fois la volonté de mes parents ; mais je ne puis accepter pour époux un homme qui n'a point mon amour.

Le père SEVERINO.

Ah ! l'amour, l'amour ! c'est de la raison seule que vous devez reconnaître l'empire ; c'est elle qui forme les liens durables que le ciel bénit et sanctifie.

ELEONORE, (avec fermeté).

La raison ne peut me commander ce qui répugne à mon inclination.

ROSINE, (avec vivacité).

La raison, la raison, mon père ! la tête s'égare ; le cœur ne se trompe jamais.

Le père SEVERINO.

Et la religion, Mademoiselle.

ELEONORE, (avec sensibilité).

Pour obéir à la religion il faut donc étouffer la nature ?

Le père SEVERINO.

Où est donc, Éléonore, cette obéissance que vous m'avez promise ?

ELEONORE, (avec feu).

L'obéissance n'est plus un devoir, lorsqu'elle peut faire des victimes.

Le père SEVERINO, (d'un ton imposant).

Songez que c'est Dieu même qui vous parle par ma bouche.

ELEONORE, (avec noblesse).

Vous me parlez de Dieu, mon père, parce que vous espé-

rez de tout obtenir en son nom ; mais ce Dieu qui forma
mon cœur libre et indépendant, aurait-il pu vous inspirer
le projet de le tyranniser si cruellement ? —— Non , ce Dieu
ne fut jamais barbare comme ses ministres ; non , cela n'est
pas possible.

Le père SEVERINO.

(*à part*). Voilà les principes Français. (*haut*). Cette
obstination de votre part, Eléonore, est bien faite pour
affliger profondément une mère qui vous chérit avec tendresse et que la douleur de vous voir résister à ses volontés
va peut-être entraîner au tombeau.

ÉLEONORE, (*avec la plus vive émotion*).

O Dieu ! voilà le coup le plus sensible pour mon ame ;
voilà ce qui me tourmente , ce qui me désespère. —— Mais
dois-je enfin me sacrifier , et si jeune encore me condamner
à un malheur éternel ? Non ; la nature, l'amour , la
raison , la religion même tout me défend d'y consentir.

Le père SEVERINO.

(*à part*). Je ne puis réussir par la persuasion , tâchons
de triompher par la crainte. (*haut*). Mademoiselle , je suis
loin de penser que votre cœur avoue tout ce que votre
bouche vient de proférer ; mais je vois malheureusement
que les impressions étrangères et funestes ont altéré le
germe de vos vertus : voilà les effets de cette doctrine
affreuse que des suborneurs s'efforcent de vous inspirer ;
voilà la philosophie du jour. (*d'une voix forte*). Enfans
indociles et rebelles, dont le cœur est endurci , dont les
oreilles sont sourdes aux bons avis que Dieu vous donne ;
oui le ciel vous maudira, il vous frappera de sa réprobation
éternelle. —— Réfléchissez, réfléchissez-y bien, Eléonore. ——
Il y va de votre bonheur, de votre salut. —— Rendez-vous. ——
Soumettez-vous, ou craignez. Hélas ! cruelle et trop charmante Eléonore , pourquoi me forcez-vous de vous
affliger ? Ah ! si vous connaissiez Sévérino vous sauriez.....
(*après un moment de silence*). Je me retire. (*levant les
mains au ciel*). O mon Dieu ! seconde par ta grace ineffable
les foibles efforts de ton humble ministre , et ramene dans
ton sein paternel cette jeune ame égarée par la morale
affreuse d'un jeune et perfide corrupteur.

SCÈNE IV.

ELEONORE, ROSINE.

ROSINE, (*sur le ton du père Sévérino*).

O mon Dieu ! seconde par ta grace ineffable !! Vous ne nous jetterez pas de la poudre aux yeux, mon père le *Tartuffe*, avec tous vos sermons. —— Nous sommes aussi rusées que vous ; et si vous êtes moine, souvenez-vous que nous sommes femmes.

ELEONORE.

Je suis tremblante, Rosine...

ROSINE.

O Dieu, que vous ête bonne d'avoir peur ! L'avez-vous bien rémarqué ce saint homme, qu'on dit inspiré de Dieu ? En vain il fesait tous ses efforts pour cacher le trouble qu'il éprouvait en votre présence ; ses yeux, qu'il promenait furtivement sur vous, l'ont trahi plus d'une fois ; il vient, Mademoiselle, de légitimer des soupçons que j'avais conçus depuis long-tems sur son compte ; mais que je n'avais osé vous communiquer. —— En attendant que l'avenir éclaircisse tout ceci, songez que Florval vous adore, que vous l'aimez de même, qu'en l'abandonnant vous causeriez votre malheur et son déséspoir : soyez donc inébranlable dans votre résolution, et riez des vaines menaces d'un moine.

ACTE III.

SCÈNE PREMIÈRE.

ELEONORE, ROSINE.

GERONIONI, (*avec l'accent italien*).

Transporté d'amour et de plaisir, permettez belle, aimable, divine Mademoiselle Belcampo, et toi Soubrette mignone, que je fasse éclater en votre présence *les transports* de la joie dont mes esprits *sont transportés*...

ROSINE, (*sur le même ton*).

Quel peut être charmant, Monsieur Géronioni, le sujet de ces transports joyeux qui vous transportent ?

GÉRONIONI

'Ange étincelant de beauté, unique souveraine de mon ame; il est donc vrai, qu'en dépit de mon rival humilié, vous allez partager ma couche triomphante, et recevoir les embrassements amoureux, ces caresses enflammées d'un amant et d'un époux, qui brûlé d'inonder vos charmes charmants de la lave brûlante du volcan d'amour qui dévore son cœur.

ROSINE.

En voici du nouveau : que veut donc dire tout cela, bon Dieu ?

GÉRONIONI.

'Ah! Géronioni! quelle gloire! quel bonheur! quelle jouissance; illustres et belles Virtuoses, qui dédaigniez mes soupirs, Géronioni vous méprise à son tour. —— Voyez, comtemplez ma jeune amante, cette production céleste; disputez-lui si vous l'osez le prix de la beauté? Que dis-je! Cachez-vous, éclipsez-vous devant le disque éclatant de son visage radieux, comme des faibles et pâles lumières devant l'astre éblouissant du jour.

ROSINE, (*à Éléonore qui s'impatiente*).

Il est dans un délire amoureux; —— laissez-le continuer. —— Si son amour vous fait pitié, ses grimaces vous feront rire.

GÉRONIONI.

Que ne puis-je, ô mille fois adorable Éléonore, vous exprimer, vous bien exprimer les sentiments, les désirs, les mouvements, les transports de mon ame passionnée, le désordre, le tumulte de mes sens courroucés, et toute la fougue de mon amour impétueux. —— Ah! belle Éléonore; ah! ma divine épouse! non, je ne puis résister *au torrent de tendresse* qui m'entraîne. (*il va l'embrasser*).

ROSINE.

Oh! oh! Monsieur Géronioni, modérez un peu vos expressions pétulantes et vos élans indiscrets. —— Est-ce que vous voulez *prendre les arrhes* de votre mariage? *Piano*, *piano*, Monsieur le Napolitain, ce n'est pas encore besogne faite.

ELEONORE, (*prenant un air sérieux*).

Je suis très-surprise que vous osiez prendre de pareilles licences avec moi, Monsieur.... Allez ailleurs, je vous prie, porter vos feux et vos extravagances.

GERONIONI.

Que vois-je ? Vous vous refusez à mes tendresses conjugales ? Ne vais-je pas être votre époux chéri, ne serez-vous pas aujourd'hui ma femme, ma chère moitié ; oui, la plus délicieuse, la plus succulente moitié de moi-même, *carissima parte del mio cuore ?*

ROSINE.

Ne gesticulez pas tant et ne vous abusez plus ; Monsieur *l'amorose* de soixante ans, tout ce que vous nous débitez là n'existe que dans votre imagination délirante. —— Apprenez de moi, Monsieur, que Mademoiselle de Belcampo n'a jamais eu la plus petite envie de devenir votre épouse.

GERONIONI.

Eh quoi ! Mademoiselle Eléonore, serait-il bien possible ? Votre mère m'aurait-elle trompé ; ou, dans l'enthousiasme de ma passion, me serais-je donc abusé moi-même ?

ELEONORE.

Quand Rosine vous dit, Monsieur, que je n'ai jamais eu la moindre fantaisie d'être votre épouse, elle est vraiment l'interprète de mes sentiments..... Oui, Monsieur, je vous parle avec franchise, vous ne sauriez me plaire.

GERONIONI.

O dolore! o dolore! qu'ais-je entendu ! cruelle Eléonore, vous voulez porter la mort dans le cœur de l'infortuné Géronioni. —— Hélas ! doit-on traiter avec tant de rigueur un amant qu'emportent malgré lui les tourbillons de ses flammes amoureuses.

ROSINE, (*faisant reculer Éléonore*).

O Ciel ! prenez garde, Mademoiselle, aux tourbillons de Monsieur.

GERONIONI.

En quoi donc, bel astre, puis-je avoir mérité votre courroux.——

courroux ? —— De grace, si j'ai quelques légers défauts, car personne n'en est exempt, veuillez me les faire connaître, je travaillerai sans relâche à ma réforme; dites-moi mes fautes, je tombe à vos genoux pour les expier.

ROSINE.

A quoi bon dissimuler puisqu'il faut parler clair; Monsieur Géronioni, vous avez deux défauts, entre mille, dont il est imposible de vous corriger jamais; vous êtes trop vieux et trop laid, en conscience, Monsieur.

GERONIONI, (*d'un air avantageux*).

Je ne suis, je l'avoue, ni de la première jeunesse, ni de la première beauté; mais comptez-vous pour rien les agrémens infinis de mon *esprit*: *esprit* embelli d'un million de charmes, et de fleurs de toute espèce; *esprit* tantôt pétillant, scinctillant et comique; tantôt profond, grave et tragique; *esprit* à saillies, à réparties, à railleries, à sentences, à maximes, à axiomes; *esprit* de tous les genres, possibles et impossibles; *esprit* enfin, qui a placé Géronioni à la tête des beaux esprits de l'Italie.

ROSINE.

Ah! que d'esprit! vraiment, Monsieur, vous en êtes prodigue.

GERONIONI.

Comptez-vous pour rien les talents divers accumulés sur ma personne, par la main libérale de la nature et des beaux arts? Talent par exemple, de la musique *diatonique*, *enharmonique*, *cromatique*?

ROSINE.

O Dieu! Monsieur, finissez, votre musique nous écorche les oreilles, hé puis, tout cela, croyez-moi, ne s'aurait vous ôter aux yeux d'une jeune personne, ni une ride de votre figure, ni une année de votre âge.

GERONIONI.

Comptez-vous pour rien mes vastes domaines, mes châteaux, mes brillants équipages; enfin, les sequins de mon coffre fort, n'ont-il point quelques appas?

E

ROSINE.

Ah ! voilà qui pourrait rendre votre *teint* plus uni et changer la date de votre *baptistaire*. Toute jeune que je suis, j'ai déja vu, plus d'une fois, un vieillard goutteux et perclus, épouser, au prix de l'or, une jeune et fraîche coquette ; mais, Monsieur, ici, j'en suis fâchée, toutes vos richesses ne feront pas fortune.

ELEONORE.

Afin que Monsieur Géronioni n'ait plus de doute sur mes sentiments à son égard, qu'il apprenne de ma bouche, quant à sa personne, qu'elle n'aura jamais le talent de me plaire ; quant à son esprit, que rien au monde, ne me paraît plus maussade et plus ridicule ; quant à ses richesses, qu'elles ne s'auraient me tenter ; quant à ses prétentions enfin, qu'elles n'obtiendront jamais de faveur à mes yeux. (*elle sort*).

SCÈNE II.

ROSINE, GERONIONI.

GERONIONI.

O dolore ! ô dolore ! quel aveu barbare vient-elle de me faire. (*il court après Rosine*). Rosine, je t'en prie, reste encore un moment ; et toi aussi tu veux m'abandonner ?

ROSINE.

Oui, Monsieur, je pars.

GERONIONI.

O dolore ! ô dolore ! au nom de Dieu, Rosine, demeure je t'en supplie, pour consoler mon pauvre cœur, que cette cruelle vient de réduire au déséspoir.

ROSINE.

Que voulez-vous, Monsieur le soupirant, dépéchons-nous ?

GERONIONI.

Dis-moi, qui peut m'avoir mérité la haine de cette adorable personne ?

ROSINE.

Eh, Monsieur, pourquoi, venez-vous aussi nous étourdir par vos extravagantes rêveries ?—— Si vous croyez être l'époux de Mademoiselle Eléonore, en vérité, Monsieur, c'est que vous l'avez rêvé, oui, vous l'avez rêvé.

GERONIONI.

Que dis-tu, que je l'ai rêvé, Rosine ; Madame Belcampo aurait-elle voulu m'en imposer ? N'est-ce pas elle-même, qui vient de me faire part de ses intentions, en m'assurant que c'était sa volonté, qu'aujourd'hui même....

ROSINE.

Ah! ah! que c'était sa volonté?—— Sa volonté?

GERONIONI.

Oui, sans doute, sa volonté.

ROSINE.

Sa volonté.... J'aime bien ça... Mais ignorez-vous qu'il ne suffit pas de la volonté de la mère pour avoir la fille ? Ignorez-vous que si l'on prétendait aujourd'hui nous contraindre par la force ou par la peur du couvent, nous résisterions à la tyrannie, et nous saurions la braver ou la fuir ?

GERONIONI.

Et c'est ainsi que pense Mademoiselle Éléonore?

ROSINE.

Oui, Monsieur.

GERONIONI.

Et, comme tu le dis, elle résisterait à l'autorité maternelle?

ROSINE.

Elle y est très-décidée.

GERONIONI.

La voilà donc, cette Éléonore, qui semblait douce comme un mouton ; *ô dolore ! ô dolore !* je vois bien que c'est le Capitaine Florval qui vous a si bien endoctrinées à la française.

ROSINE.

Nous n'étions pas déja tout à fait ignorantes ; mais il faut en convenir, les Français nous ont appris bien des choses.

GERONIONI.

Ah ! Rosine , ma chère Rosine ! je suis désespéré ; ne m'abandonne pas ; parle pour moi ; sois ma protectrice ; dis-lui........ qu'elle m'a percé le cœur ; que j'en mourrai. Rosine, je te donnerai, je te donnerai. (*il fouille dans ses poches*). Oui , parle à ta maîtresse ; si tu le veux , j'espère encore : parle-lui , je t'en supplie ; compte sur ma générosité.

ROSINE.

(*A part.*) Il me fait pitié. (*haut*). Mes efforts seraient superflus , mes prières seraient vaines , Monsieur.... Sachez prendre votre parti, oubliez cette beauté rébelle.

GERONIONI.

O Dio ! ô Dio ! n'achève pas de me tuer ; ne me refuse pas ce service ; parle-lui , parle-lui , accepte ce petit cadeau. (*Il lui présente une bague*). Prends , prends.

ROSINE.

Non , Monsieur , je ne souffrirai point.... Non , non. (*Géronioni met la bague dans la poche de son tablier*). J'en ai le cœur gros.... Le pauvre amoureux ! il est attendrissant.

SCÈNE III.

Les précédents , VALMIN.

VALMIN, (*d'un ton menaçant, et portant les moustaches*).

Nous verrons, parbleu, nous verrons, si des Français, seront ici supplantés , et si cet illustre rival voudra rivaliser avec nous.

ROSINE.

Dieux ! quel appareil rédoutable, où vas-tu donc ainsi, Valmin ?

VALMIN.

Chût ; ne nous trahissons pas.

GERONIONI, (à part).

'Ah! St. Janvier,' qu'elle moustache, je suis perdu.

VALMIN.

Je suis armé en guerre, pour aller à la récherche d'un certain Monsieur, à qui je voudrais dire quatre mots de ma façon. (il se promene et regarde Géronioni). Cela ne fait-il pas pitié, que des amoureux de cette tournure se donnent ici les airs d'entrer en lice avec des dégourdis comme nous ?... Oh ! le trait est trop insolent et cela crie vengeance.

ROSINE.

Qu'est-ce donc ? Explique-toi.

VALMIN.

Le croiras-tu, Rosine ? On dispute à mon Capitaine le cœur de la belle Éléonore, et c'est un Napolitain, un vieux satyre.

GÉRONIONI, (à part).

Ohi me, ohi me, c'est à moi qu'il en veut.

VALMIN, (s'adressant à Géronioni).

Vous devez le connaître, Monsieur; je l'ai vu maintefois avec vous venir rendre visite à Mademoiselle Belcampo; il s'appelle Gé-e-roli.. Ge-gri-mo... Géranio.., Géronioni. C'est ça.——C'est bien le plus sot et le plus ridicule personnage de toute l'Italie.

GÉRONIONI, (à part).

Pauvre Géronioni, que te faut-il entendre.

VALMIN, (promenant le sabre en avant).

Si je puis vous dépister, Monsieur l'impertinent Italien...

GÉRONIONI, (le suivant des yeux).

Je tremble.....

VALMIN, (toujours promenant).

Je vous apprendrai, Monsieur l'amoureux sexagénaire, à connaître enfin les Français, à bien vous mettre dans la tête, que les individus de votre nation ne brilleront pas plus avec nous, auprès des belles, qu'au champ de mars....

ROSINE, (*suivant Valmin*).

Valmin........

VALMIN, (*promenant*).

Je rabattrai votre caquet , moi. — Il me semble que j'y suis. (*il fait des armes*).

ROSINE, (*suivant Valmin*).

Valmin........

VALMIN, (*bas à Rosine*).

Tais-toi ; je ne veux que lui faire peur. (*haut*). Un deux... un deux... trois..! hep... (*il tourne son sabre vers Géronioni*).

ROSINE.

Valmin, songe mieux à ce que tu vas faire , veux-tu par tes emportements compromettre dans le public l'honneur de Mademoiselle Belcampo...? Appaise ta colère , et rénonce à tes projets funestes , en faveur de Rosine , qui t'en prie.

VALMIN, (*d'un ton important*).

Eh-bien ! par rapport à toi , à toi seule , Rosine, je consents à ne point aller à la poursuite de mon ennemi ; mais puisque par extraordinaire je veux bien entrer en négociation avec lui , crainte qu'il ne vienne encore échauffer ma bile par sa présence , je vais lui donner une consigne dont je lui conseille de ne point s'écarter.

ROSINE.

A la bonne heure.

VALMIN.

Pour un plus grand bien rédigeons donc en termes clairs et précis nos conditions de paix.... Ou plutôt Monsieur, qui sait mieux écrire qu'un Grénadier , voudra bien pour un instant ôter ses gands et me servir de secrétaire.

GERONIONI. (*haut.*)

O supplice ! mais Monsieur , y pensez-vous....?

VALMIN.

Monsieur Géronioni est votre ami, n'est-ce pas ? Hé-bien !

faites cela pour l'obliger ; épargnez - lui le désagrément
devoir mon sabre de trop près. —— Tenez , Monsieur. (*il
lui donne du papier et un crayon*).

GERONIONI, (*à part.*)

Écrivons puisqu'il le faut, heureux si je puis ; à ce prix ;
me sauver de ce coupe-gorge.

VALMIN.

Quand il vous plaira Monsieur le Secrétaire. (*il dicte*).
Capitulation, accordée, par grace spéciale , au nommé
Géronioni, Napolitain , par Valmin, Grenadier Français ,
Ministre Plénipotentiaire de son Capitaine Florval , au
département des affaires amoureuses et galantes. (*montrant
son sabre*). Voilà mes lettres de créance. —— Monsieur
veuillez continuer. (*il dicte*). Article premier. Le vieux
Géronioni se désiste purement et irrévocablement de ses
prétentions à la main de Mademoiselle Éléonore Belcampo,
afin que cette jeune beauté demeure maîtresse d'en disposer
en faveur du Citoyen Florval , son amant.

GERONIONI, (*à part*).

Est-il possible qu'il me faille moi-même écrire ma
disgrace !

VALMIN, (*à Rosine*).

Ce congé absolu est-il en forme ?

ROSINE.

Il ressemble à ceux qu'expédie quelquefois Mademoiselle
Belcampo.

GERONIONI, (*à part*).

Ah ! la traîtresse !......

VALMIN.

Voici le plus essentiel, Monsieur ; rédoublez d'attention
je vous prie, et saisissez-bien le sens de ceci. (*dictant*). La
présente une fois conclue , si ledit Géronioni en trans-
gresse la plus petite disposition , ses deux oreilles répondront
personnellement.

GERONIONI, (*à part*).

O Dieu ! que faut-il que j'écrive...! !!

VALMIN.

Ses deux oreilles répondront personnellement de cette violation ; en conséquence, d'après les lois de la guerre, il nous sera loisible de les lui rogner, et même de les lui couper suivant l'exigeance du cas.——Comment trouvez-vous cet article...? Pensez-vous que Monsieur Géronioni veuille s'y conformer...?

GERONIONI, (*s'efforçant de parler d'un ton rassuré.*)

L'article est un peu sévère... Je crois néanmoins que Monsieur Géronioni ne sera pas assez imprudent pour refuser d'y souscrire. (*à part*). O scélérat ! oh *demonio !*.

VALMIN.

Il faut parbleu qu'il y souscrive, et cela sur-le-champ ; sans quoi dans une heure, peut-être, il ne serait plus tems. (*il reprend le papier et le crayon*). Voilà pourtant notre acte diplomatique fini.

GERONIONI, (*regardant du côté de la porte.*)

Si je pouvais m'échapper......

ROSINE.

C'est ainsi qu'agit un homme sage.——J'aime, moi, qu'on ne fasse la guerre qu'avec la plume, et je voudrais bien, pour l'intérêt du sexe et de l'humanité, que cette mode-là s'établît.

GERONIONI, (*reculant*).

Essayons......

VALMIN.

Un moment, Monsieur, un moment, je n'ai point encore épuisé vos bontés. —— La capitulation est en règle; rien de mieux : mais il me manque quelqu'un pour la faire parvenir à l'ennemi ; je vous propose, Monsieur, de me servir de Parlementaire...... Personne mieux que vous ne peut remplir cette mission.

GERONIONI, (*à part*).

Encore une nouvelle avanie...! Il ne lui manque plus que de m'assassiner......

VALMIN,

VALMIN, (*serrant Géronioni au point de le faire crier*).

Croyez-moi. —— Rendez encore ce service à votre ami.

GERONIONI, (*prenant le papier*).

Peut-être par ce moyen m'échapperai-je des griffes de ce vautour. (*saluant*) Je suis, Monsieur........

VALMIN.

Vous partez, Monsioure........

GERONIONI.

Je cours faire votre commission......

VALMIN.

Souvenez-vous de dire al signor Géronioni, qu'il lise l'article de la responsabilité de ses oreilles.

GERONIONI.

Bon jour, Monsioure........

VALMIN.

N'oubliez pas, je vous le répète, l'article des oreilles.... (*Géronioni sort en faisant plusieurs courbettes*).

SCÈNE IV.

ROSINE, VALMIN.

VALMIN, (*riant*).

Ah! ah! ah! ah! comment trouves-tu ce tour de souplesse?

ROSINE.

Il est digne d'un Crispin.

VALMIN.

Celui-là, je crois, ne reviendra pas de si-tôt; il a parfaitement senti ce que je voulais lui dire.

F

ROSINE.

Il n'en fallait pas tant pour glacer de frayeur le cœur d'un Napolitain.

VALMIN.

Dis-moi, du reste, Rosine ? Où en étiez-vous ensemble quand je suis entré ? D'où vient qu'il te poursuivait, qu'il te pressait...?

ROSINE.

Le pauvre infortuné soupirant ! il me priait de parler en sa faveur à ma maîtresse ; et croyait me rendre plus favorable à ses intérêts, en voulant à toute force me faire accepter une bague que j'ai constamment refusée, et qu'il a mis malgré moi dans la poche de mon tablier.

VALMIN, (la regardant).

Elle est jolie ; mais plus elle est belle, plus il faut s'empresser de la rendre ; rien de plus dangereux pour les jeunes filles que de recevoir ainsi de petits cadeaux ; puisque tu dois être ma femme, je ne veux pas que tu aies d'autres bijoux que ceux que je te ferai porter.

ROSINE.

Va, va; à cela ne tienne, je lui rendrai son bijou.

VALMIN.

Bon ; voilà une femme qui sera raisonnable, si toutes fois le mariage ne la gâte pas.

ROSINE.

Parlons d'affaires plus importantes......Tu sais sans doute qu'aujourd'hui Madame Belcampo veut absolument marier sa fille avec Monsieur Géronioni que tu viens de congédier ?

VALMIN.

Tu plaisantes sans doute ; —— aujoud'hui même...?

ROSINE.

Aujourd'hui.... Oui, dès ce soir.

VALMIN.

Elle ne badine pas, Madame Belcampo de Bufalini ; peste!
j'ai donc fait mon attaque à propos.

ROSINE.

Tu ne sais pas que c'est le père Sévérino, qui a
présenté ce matin ce charmant époux à Éléonore ?

VALMIN.

Non, le diable m'emporte.

ROSINE.

On t'apprendra bien d'autres choses. Courons vite
nous réunir avec ton Capitaine et ma maîtresse ; voici
l'instant décisif.

VALIMN.

Puisqu'il en est ainsi, volons à notre poste.... Aux armes!
aux armes! en Braves Guerriers livrons les premiers
batailles...... La tranchée est ouverte ; poursuivons sans
relâche le cours de nos victoires. (*Ils sortent*).

ACTE IV.

SCÈNE PREMIÈRE.

ÉLÉONORE, FLORVAL, VALMIN.

VALMIN.

Il est donc bien vrai, Mademoiselle, que Mad. Belcampo
veut aujourd'hui vous marier avec Monsieur Géronioni ?——
Cela ne m'étonne pas de la part de votre tendre et com-
plaisante mère ; mais que ce moine pieux, qui affecte un
extérieur si austère, brûle secrettement pour Mademoiselle
Belcampo, et soit le rival d'un Officier Français,——oh! pour
le coup, mon Capitaine, voilà vraiment du comique....

Le froc n'y pense donc pas, de vouloir se mesurer avec l'épée...?

FLORVAL.

Le fourbe n'a pu se contenir plus long-tems. —— Sous prétexte d'un entretien particulier, il s'est glissé dans l'appartement d'Éléonore; là sa passion s'est montrée avec audace, et la vertu, saisie d'horreur et d'effroi, n'a dû son salut qu'à la fuite.

VALMIN.

Le pauvre et triste anachorète, fatigué de si pénible abstinence voulait donc rompre le jeûne à vos dépens.....? Oh! oh! cette gentillesse monacale ne vous sera point pardonnée, mon très-impudent père Séverino... Si je puis vous accoster......

ÉLÉONORE.

Ah! que dit-il, Florval....? Je crains que par quelque imprudence......

FLORVAL.

Ne craignez rien, Éléonore; si je n'écoutais pourtant que l'indignation qu'excite une pareil attentat, la vengeance la plus éclatante me ferait à l'instant justice de cet infâme; mais la modération convient mieux à la cause de la vertu; mon dessein est de parler à votre mère, Éléonore, de lui dévoiler la turpitude de ce lâche suborneur.

ÉLÉONORE.

Tout me fait craindre, Florval, que vous ne parveniez jamais à détromper ma mère sur le compte du père Séverino. Vos discours et les vérités même que vous lui direz ne seront à ses yeux qu'un artifice coupable, pour perdre dans son esprit un homme qui jouit de tout l'ascendant qu'acquièrent trop souvent, sur notre sexe crédule, les ministres de la religion.

FLORVAL.

Quand ces vérités seront appuyées de votre témoignage; quand votre mère apprendra les tentatives criminelles de ce nouveau *tartuffe*, ses yeux se dessilleront sans doute.

ÉLÉONORE.

Non, Florval, non; elle me croira d'intelligence avec vous plutôt que de soupçonner ce *saint homme*.

VALMIN.

Hé ! sans doute, sans doute, Mademoiselle à raison. Les bigottes, aussi bien que leurs directeurs, vous 'le disiez vous-même tantôt, mon Capitaine, sont d'un entêtement que rien n'égale ; si vous voulez raisonner avec elles, leur parler de *nature*, de *justice*, de *vérité*, vous êtes un esprit fort, un philosophe.... Un philosophe ; c'est-à-dire, une bête noire, un antechrist qu'il faut fuir, comme la peste, sans se donner la peine de lui répondre. Aussi c'est d'une tout autre manière que je prétends attaquer et confondre le moine qui nous embarrasse tant, et dissiper le prestige qui fait toute sa puissance.

FLORVAL.

L'attaquer, le confondre.... Le projet est merveilleux, mon cher..... Comment l'exécuter ?

VALMIN.

Il s'exécutera, mon Capitaine, il s'exécutera. — Valmin vous le promet, foi de Grenadier.... Ce n'est pas en vain que j'ai feuilleté *mon livre des grandes manœuvres*. — Une partie de notre plan a réussi ; nous réussirons de même dans nos derniers projets. (*à Éléonore*). Le père Séverino vous aime avec passion. — Il suffit. — C'est par-là que je veux l'attaquer ; c'est par-là que je veux le prendre. Jeune encore il n'est point consommé dans l'art de la dissimulation et de l'hypocrisie. — Il s'est oublié une fois, il pourra bien s'oublier encore. — Un piège fera toute ma science. — Pressé par l'ardeur qui le dévore, au milieu des illusions et des transports de son amour, les fils de nos trames secrètes échapperont à ses yeux éblouis, à ses esprits troublés. — S'il évite le trébuchet il n'évitera pas l'ameçon. — Bientôt vous serez instruits de tout ; je n'en dis pas en ce moment d'avantage, et je cours tout disposer.

FLORVAL.

Point de moyens violents, Valmin. — Tu sais.......

VALMIN.

Point du tout ; point du tout, *ruse contre ruse*, voilà notre devise ; voilà le seul moyen de triompher d'un prêtre.

SCÈNE II.

ÉLÉONORE, FLORVAL.

ÉLÉONORE.

DANS ces circonstances cruelles, Florval, ces projets très-incertains ne sauraient rassurer la tremblante Eléonore ; c'est sur votre amour seul que je fonde tout mon espoir. —— Oui, je ne crains point de le dire, j'aimerais mieux mourir que de renoncer à vous, pour épouser un homme que je ne puis aimer, et que tout, au contraire, doit me faire haïr.

FLORVAL.

Belle Eléonore, cet espoir ne sera point trompé. Si une mère a des droits sur sa fille, un père n'en-a-t-il pas d'aussi sacrés ? Vous connaissez le sentiment de Monsieur Belcampo à notre égard.

ÉLÉONORE.

Mon père, à qui j'ai tout appris, est indigné contre le moine hypocrite ; il blâme hautement ma mère ; il a même cherché à rassurer sa fille par les plus tendres caresses. Cependant, Florval, que deviendroit Eléonore, si, par les sollicitations qu'elle sait adroitement employer, ou par l'autorité qu'elle exerce avec tant d'empire, ma mère parvenait à nous enlever le seul appui qui nous reste ?

FLORVAL.

La foiblesse d'un mari qui cède est souvent un sacrifice de la raison à la concorde ou à l'amour ; la foiblesse d'un père qui commande le malheur de sa fille est un crime aux yeux de la nature. —— Monsieur Belcampo ne peut s'en rendre coupable ; un père si tendre ne consentira jamais à devenir le tyran de sa fille.

ÉLÉONORE.

Hélas ! s'il le devenait.... Florval ?

FLORVAL.

S'il le devenait, Eléonore....?

ÉLÉONORE.

Ah! la mort seule serait mon partage.

FLORVAL.

Repoussez loin de vous et de moi ces sombres idées; ô ma chère amie, et ne vous tourmentez point par des craintes imaginaires. —— S'il était possible que les auteurs de vos jours s'unissent pour vous tyranniser; si, conduite à l'autel comme une victime, les flambeaux de l'hymen ne devaient éclairer que votre désespoir; si l'autorité paternelle vous forçait enfin de prononcer le serment fatal, ou vous menaçait de l'esclavage des cloîtres.....

ÉLÉONORE.

Eh-bien, Florval.......?

FLORVAL.

Pensez-vous que je verrais, d'un œil tranquille, consommer le sacrifice barbare de votre bonheur et de votre liberté? Non, Eléonore, non; Florval, frémissant d'horreur à la vue du sort affreux qui menacerait vos jours, enflammé par l'amour, soutenu par la justice, guidé par la vertu, Florval vous dirait : « Eléonore, votre amant
» est à vos genoux; il vient briguer l'inestimable honneur
» d'arracher un objet si cher au despotisme de ses parents
» inhumains : ô mon amie! si vous m'aimez, si vous
» voulez vivre pour un amant qui vous adore, ne différons
» plus; prononçons ensemble les serments sacrés, les
» serments inviolables des époux; prénons le ciel à
» témoin de l'injustice des hommes et de l'innocence
» de nos cœurs; que Florval reçoive son épouse dans ses
» bras! et la force, et la menace, et l'appareil même des
» supplices ne pourront me séparer de vous, ne pourront
» briser les liens de la nature, de l'amour et de la vertu ».

SCÈNE III.

ÉLÉONORE, FLORVAL, ROSINE.

ROSINE, (*entrant brusquement*).

Pardonnez si j'interrompts vos amoureux entretiens, Mademoiselle ; votre mère vous attend dans son appartement.

ÉLÉONORE.

O Dieu ! que me veut-on encore ? Le sais-tu Rosine ?

ROSINE.

Elle est très-impatiente de vous voir. —— J'imagine qu'instruite de votre résistance à ses volontés, elle veut encore tenter de vous faire consentir.

ELEONORE.

Qu'on ne l'espère point. —— J'oserai plutôt tout entreprendre.——

FLORVAL.

Si son autorité menaçante voulait vous asservir......

ELEONORE, (*avec un tendre abandon*).

Oui, plutôt que de me voir unie à un homme que je déteste, et de perdre à jamais tout ce qui m'est cher, tout ce qui m'intéresse, armée d'un généreux courage, persuadée de trouver en vous un amant sensible, vertueux et fidèle, je fuis loin des chaînes qu'on me prépare, et je vole dans vos bras, dont la mort seule pourra m'arracher.

FLORVAL.

Souvez-vous de vos serments en présence de votre mère.

ELEONORE.

Ils sont inviolables.

FLORVAL,

FLORVAL, (*avec enthousiatsme*).

Amour ! vertu ! vous n'aurez point à rougir dans les bras d'un Français. —— Je cours chez votre père. (*ils sortent par les côtés opposés*).

SCÈNE IV.

Le père SEVERINO, (*seul, l'air sombre*).

Ou trouver un asyle, contre les traits qui me déchirent..? ô passion funeste ! malheureux que je suis !! Eléonore ! Eléonore ! beauté fière et rebelle...... Je voulais lui donner le vieux Géronioni pour époux , dans l'espoir flatteur de devenir moi-même son amant , et son cœur indocile a résisté à la voix persuasive de son directeur. —— Avec les armes de la religion je n'ai pu dominer sa consience ; avec celles de l'amour, je n'ai pu dompter sa vertu.—— Seule avec moi dans son appartement elle s'est soustraite à mes transports. —— O désespoir qui m'accable ! ô fureur de la jalousie ! si je ne puis triompher de toi, Eléonore ; si l'ardeur de mes desirs n'est point satisfaite,.... crains mon délire , crains ma rage........ Ne t'offre plus seule à mes regards. Le feu circule dans mes veines, et le crime est dans mon cœur. —— Calmons-nous. —— Si Eléonore, allarmée de ma poursuite , en a instruit sa mère, soyons maître de mes mouvements et de ma physionomie. —— J'ai un empire absolu sur Madame Belcampo ; tout à ses yeux, ne sera que calomnie ; elle ne peut me soupçonner. —— Entrons dans son appartement , et quoiqu'il en soit, soyons prêts à jouer le rôle que commanderont les circonstances.

SCÈNE V.

Le père SEVERINO , UNE VIEILLE FILLE DE SERVICE , (*lui remettant une lettre*).

Le père SEVERINO.

Ma bonne femme, qui vous a remis cette lettre ?

LA VIEILLE FILLE DE SERVICE.

Lisez , mon Révérend père. —— Je me retire dans ce corridor voisin, pour attendre votre réponse.

G

SCÈNE VI.

Le père SEVERINO, (*seul*).

CIEL! elle est d'Eléonore.——Que va-t-elle m'apprendre?
Je tremble.——Lisons.——(*il lit*). « Cette lettre de ma
» part aura de quoi vous surprendre, cher Sévérino. »——
Cher Sévérino je demeure interdit.—— «Mais enfin vos
» soupirs, et les transports que vous avez fait éclater dans
» notre dernière entrevue, ne me permettent plus de
» garder le silence.—— Oui, vous êtes aimé. C'est
» en vain que j'ai voulu vous le cacher, et me le cacher à
» moi-même.—— Ma conduite jusqu'ici n'était que dissi-
» mulation ; il n'est plus temps de feindre.—— En vous
» faisant l'aveu de toute ma foiblesse, ma pudeur et ma
» timidité cèdent à la voix impérieuse de l'amour.——
» Oui, j'épouserai Géronioni ; mais, avant d'y consentir,
» mon cœur exige de vous une promesse solennelle.
» Puis-je me flatter que vous m'aimerez toujours? Puis-je
» espérer qu'en recevant Géronioni de vos mains je
» trouverai toujours dans vos bras ce Sévérino, tendre,
» discret et passionné, sans lequel mes jours languissants
» seraient perdus pour le bonheur? parlez ; répondez ;
» hâtez-vous de me donner cette assurance précieuse et
» nécessaire à mon cœur foible et timide. Cette bonne
» femme, qui m'est dévouée, prendra votre réponse ;
» Eléonore l'exige de vous, elle l'attend avec l'impatience
» de l'amour.—— A ce seul prix je consens à notre
» bonheur : répondez, cher Sévérino, et je marche à l'autel,
» donner ma main à mon époux, et mon cœur à mon
» amant ».

ÉLÉONORE.

O surprise...!! ô bonheur inespéré...!! en croirais-je ces
traits...? Oui, c'est sa main qui les a tracés.—— Je reconnais
l'empreinte de son chiffre.... O lettre précieuse, que je te
couvre d'un million de baisers!—— Ah! je vois bien que
ce n'est qu'à regret qu'elle s'est soustraite à mes transports....
Dieu..! le plaisir........ la joie, ... tous mes sens sont
suffoqués....—— Je serai son amant, je la serrerai dans mes

bras ; je mourrai de plasir sur son sein. —— O félicité suprême.....! couvert de cette bure grossière , revêtu du manteau de la mendicité, je suis plus heureux que vous , riches élégans du jour, qui voyez en pitié le moine misérable, tristement végéter dans sa rétraite obscure.—— Aveugles que vous êtes ! —— vous pensez que je bois dans le *calice* de l'*amertume* , quand je m'enivre dans la *coupe* de la *volupté*.....!!! ô superbe Français, ô Florval....! un moine a sur toi la préférence.... Un moine t'enleve ta maîtresse.... Ah ! si tu le savais, tu mourrais de dépit et de rage.......... (*avec précipitation*). Mais ne perdons pas un instant. —— Eléonore demande une réponse...... Courons lui dire qu'il faut presser son mariage..... Que je l'aime , que je l'adore , que je l'idolâtre, que mon amour sera éternel , et que je brûle de la posséder. (*il sort hors de lui-même , et va pour entrer chez Madame Belcampo*). O Dieu ! dans l'excès de mon bonheur je ne me connais plus. (*il sort enfin par la véritable porte qui conduit hors de la maison*).

ACTE V.

SCÈNE PREMIÈRE.

Madame BELCAMPO, ELEONORE.

Madame BELCAMPO.

Cessez, ma fille, de vous opposer à mes volontés.

ELEONORE.

Je suis au déséspoir de désobéir à ma mère : mais le mariage qu'on me propose répugne trop à mon inclination, je ne puis y consentir.

Madame BELCAMPO.

Ainsi vous osez résister à votre mère...?

ELEONORE.

Je résiste à l'oppression dont je suis ménacée ; je ne veux point signer le malheur de ma vie.

G 2

Madame BELCAMPO.

Quelle audace ! après avoir épuisé mes bontés , craignez enfin ma colère.

ELEONORE.

Je ne crains que les chaînes affreuses dont vous voulez me charger.

Madame BELCAMPO.

O fille rébelle!!

ELEONORE.

Ah! ma mère...! dois-je, pour être votre fille , devenir votre victime...?

Madame BELCAMPO, (*en courroux*).

Hé-bien ! tu le seras. —— Cette résistance opiniâtre ne restera point impunie. —— Puisque vous bravez les volontés d'une mère ; que vous méprisez l'époux qu'elle vous destine, —— ne pensez pas de vous voir jamais unie à l'objet de vos folles passions ; —— rénoncez , rénoncez à votre Florval. —— Demain un cloître vous en séparera pour jamais.

ELEONORE.

O ciel! qu'ais-je fait, Madame....? Suis-je coupable pour mériter un pareil traitement , pour être condamnée à vivre dans l'esclavage , loin des régards d'une mère , que je ne puis m'empêcher d'aimer , lors même qu'elle m'accable de ses menaces ? —— Eh quoi ! Madame, vous me puniriez d'avoir un cœur ? Vous me feriez un crime des goûts que m'inspire la nature ?

Madame BELCAMPO.

Oui ; oui, Mademoiselle. —— Finissez vos vains propos. —— Vous devez écouter votre mère , qui veut votre bonheur , et non votre cœur qui causerait en ce moment votre perte. —— Obéir , voilà votre devoir.

ELEONORE.

Ah! pensez-vous , Madame, faire le bonheur de votre fille , en la forçant d'aller à l'autel , prononcer un serment démenti par son cœur ? —— Non , vous feriez au contraire son malheur ; vous causeriez son déséspoir....

Madame BELCAMPO.

Dans tous vos discours on reconnaît les leçons funestes de votre amant. — Il suffit, Mademoiselle, — aujourd'hui M. Géronioni sera votre époux, ou le cloître deviendra votre asyle. Choisissez.......

ELEONORE.

Je pourrais, Madame, trouver encore dans mon innocence et mon courage, des moyens de me soustraire à votre autorité, si vous étiez seule maîtresse de mon sort : mais il me reste un père tendre, qui ne voudra pas comme vous sacrifier sa fille ; et c'est dans son sein que je vais me réfugier. (*elle va pour sortir*).

SCÈNE II.

Mad. BELCAMPO, ÉLÉONORE, M. BELCAMPO, FLORVAL.

M. BELCAMPO.

Ou alliez vous, ma fille ? rentrez. —

FLORVAL, (*à demi voix*).

De la fermeté, Monsieur Belcampo, sans quoi je suis perdu.....

M. BELCAMPO, (*à sa femme*).

Il faut enfin s'expliquer, Madame, vous tramez en secret le mariage d'Éléonore avec Monsieur Géronioni. — Accoutumée d'agir en maîtresse absolue, vous ne présumez pas que votre mari puisse s'y opposer, qu'il ait l'audace de vous contre dire une fois. — Détrompez vous, Madame ; je veux à mon tour avoir une volonté, une volonté devant laquelle la vôtre doit enfin fléchir.

Madame BELCAMPO.

On n'aurait jamais marié ma fille, Monsieur, sans en prévenir son père.— Je croyais néanmoins que sa mère avait le droit de lui choisir un époux.— Du reste, Monsieur, (*fièrement*) vous parlez sur un ton qui a lieu de me surprendre.

M. BELCAMPO, (*sérieux et ferme*).

J'ai les motifs les plus puissants pour m'opposer à ce mariage, Madame. Monsieur Géronioni ne convient point à ma fille ; et rien n'est plus naturel ; une jeune personne de dix-huit ans doit trouver un homme de soixante trop vieux pour en faire son mari, lorsqu'elle est assez sage pour ne point écouter des amans. —— Il ne faut donc plus songer à ce mariage. —— Il est un autre époux jeune, riche, bien né, que je destine à Eléonore, et qui a mérité son amour et notre estime. C'est le Citoyen Florval.......

Madame BELCAMPO.

Monsieur est très-digne, je le crois, d'avoir une épouse jeune, belle et riche ; —— mais vous connaissez ma façon de penser, et j'ai les raisons les plus fortes, Monsieur.......

FLORVAL, (*vivement*).

Ces raisons si fortes, Madame, depuis long-tems n'existeraient plus, si, moins prévenue contre moi, au lieu de céder aux insinuations perfides d'un homme qui avait intérêt de me noircir à vos yeux, vous eussiez observé ma conduite et comparé mes véritables sentimens à ceux qu'on ne cessait de me prêter pour me rendre odieux. —— Mes procédés à votre égard furent-ils jamais ceux d'un homme sans éducation et sans mœurs ? Et dans mon amour pour Mademoiselle votre fille peut-on m'accuser d'avoir blessé les loix de la délicatesse, d'avoir abusé, en restant au milieu de vous, de la facilité que j'avais de l'entretenir de ma passion, en trompant votre vigilance ? Ne me suis-je point au contraire empressé de vous en instruire en vous témoignant combien je désirais d'unir pour toujours ma destinée à la sienne ? —— Je sais, Madame, d'où vous vient votre haine contre ma nation, et contre moi-même ; elle est l'ouvrage d'un moine, auquel je n'ai pas le bonheur de plaire, de ce père Sévérino, qui jouit d'une si grande considération auprès de vous, tandis qu'il n'est digne que du mépris et de l'indignation de tous ceux qui le connaissent.

Madame BELCAMPO.

Comment, Monsieur, osez-vous dans ma maison, parler aussi indécemment de cet homme respectable...? —— Je ne puis le souffrir. (*d'un ton très-courroucé*). Allez ailleurs, Monsieur.....

M. BELCAMPO.

Il ne faut point s'étonner, Madame, que l'on parle ainsi du père Sévérino. —— Ce moine *respectable*, *ce saint homme* en qui vous avez placé toute votre confiance, est épris d'un amour criminel pour votre fille. —— Tantôt, dans son appartement, ce tartuffe audacieux eut exécuté le plus horrible attentat, si Eléonore, s'armant du courage de la vertu, ne se fût soustraite à sa frénétique rage. —— Voilà le mystère d'iniquité que vous ignoriez, Madame, et qu'on vient de me révéler. —— Il n'est pas permis d'en douter, c'est ma chère Eléonore qui m'a tout appris.

Madame BELCAMPO, (*à part*).

Qu'ais-je entendu..!! Juste Ciel..!! dans quel trouble je suis. —— Un homme si vertueux, un modèle de perfection et de sainteté. (*haut*) Non, je ne puis le croire. —— Ma fille, pourquoi m'avez-vous caché cet événement ? —— Quel était votre dessein ? —— Vous en imposez, Mademoiselle.

ELEONORE.

Je l'imaginais bien, Madame, que vous croiriez votre fille assez méchante, assez vile pour inventer une aussi noire calomnie, plutôt que de soupçonner *ce saint homme*. Voilà pourquoi j'ai gardé le silence.

Madame BELCAMPO, (*très-agitée*).

Le crime est trop affreux. —— Le père Sévérino ! —— Quelle apparence ! —— On ne pourra jamais me le persuader.

ELEONORE, (*vivement et prête à pleurer*).

Faudra-t-il donc, pour vous en convaincre, Madame, que ce moine vienne, sous vos propres yeux, attenter à mon honneur.....?

Madame BELCAMPO.

Le père Sévérino, Mademoiselle, jouit ici de l'estime

générale, il l'a meritée par la pureté de ses mœurs et par
l'exemple qu'il donne de toutes les vertus.——Vous l'accusez
d'avoir voulu vous déshonorer; —— lui; —— quelle
infamie ! —— Je vous le répète, Mademoiselle. —— Oui,
je suis prête à tout supposer, plutôt que de croire une
pareille horreur. . . . .

M. BELCAMPO.

Hé quoi ! Madame, vous n'hésitez point à supposer
sans raison que votre fille est coupable, et vous ne pouvez
croire avec les raisons les plus fortes qu'un moine est
criminel ?—— Quel est donc cette étrange manière de
penser et de juger ?—— Ah ! rougissez, Madame, de votre
aveuglement , de votre injustice; et pour soutenir la
réputation d'un infame, n'insultez plus à l'honneur de
votre fille.

Madame BELCAMPO, (*fièrement*).

Que signifie enfin ce ton impérieux avec moi, M. ——
(*avec ironie*). Quelle fierté ? cela ne durera pas sans
doute. —— Vous pensez me faire trembler, peut-être...?

M. BELCAMPO.

Je pense à vous faire respecter enfin mes volontés, à
vous faire voir que vous ne serez plus maîtresse ici. ——
Je n'ai que trop tardé à reprendre dans ma maison l'autorité
que je n'aurais jamais dû perdre, que vous avez usurpée,
et dont vous avez tant de fois abusé. —— Croyez, puisque
cela vous plaît, Madame, croyez que votre directeur est
un saint homme ; vous êtes libre de fermer les yeux
à l'évidence. —— Vous pouvez, si cela vous plaît encore,
pousser plus loin vos prétentions, et persister à vouloir
donner à Eléonore un époux qu'elle ne veut pas. ——
Sans doute je serai libre, à mon tour, de croire que
le père Sévérino est un infame suborneur, et de marier
ma fille avec le Citoyen Florval, qu'elle aime, qu'elle
a choisi, qui lui convient, ainsi qu'à son père.—— J'imagine
qu'il me sera permis aussi de disposer de ma fortune. (*à
Florval*). Il faut que ce soir tout soit terminé, mon ami
Je ne veux point retarder plus long-tems votre bonheur.....

Madame BELCAMPO, (*très-agitée*).

J'étouffe. . . . .

SCENE

SCÈNE III.

Les précédents, ROSINE et VALMIN.

VALMIN, (*entrant précipitamment*).

Voici pour Mademoiselle Eléonore un billet du père Sévérino.

ELEONORE, (*avec étonnement*).

Un billet du père Sévérino...! à quel sujet? (*elle le prend*).

VALMIN, (*bas à Florval*). (*Pendant le commencement de cette Scène, il lui parle toujours bas*).

Le fourbe est demasqué ; vous allez voir sa vilaine ame *in naturalibus.*

M. BELCAMPO, (*après que sa fille a lu*).

Vous paraissez surprise à cette lecture, ma fille. —— Vous pâlissez?

ELEONORE.

Je ne sais qui peut autoriser le moine Sévérino à me tenir un pareil langage. —— L'indignation m'empêche de poursuivre. —— Lisez vous-même, mon père. —— C'est un mystère d'imposture et d'infamie auquel je ne puis rien comprendre. —— Ce que je sais, c'est qu'Eléonore est innocente....

M. BELCAMPO.

Que veut dire tout ceci? —— (*lisant*). « Que votre
» cœur se rassure ; vous êtes adorée, belle Eléonore, et vous
» le serez tant que Sévérino respirera ; en douter encore,
» ce serait faire injure à ma tendresse. Si je m'efforçais de
» vous détourner de votre amour pour Florval ; si je
» vous pressais de prendre Géronioni pour époux ,
» c'était dans le dessein de devenir moi-même votre
» amant ». O l'abominable homme!!! « Votre résistance
» et votre fuite précipitée m'avaient jeté dans le désespoir ;
» mais votre lettre vient de rétablir la paix dans mon cœur

H

» brûlant d'amour ».... Votre lettre.... « Ah ! quel bonheur
» est le mien , puisque vous m'assurez qu'aujourd'hui
» même vous serez l'épouse de Géronioni , et l'amante
» heureuse, de l'heureux Sévérino. —— Ne retardons plus
» des instants si doux. —— Je cours vers Géronioni, je
» vole avec lui près de votre mère. —— Dans une
» heure le contrat sera dressé; et bientôt, ô ma divine
» amante ! nous pourrons, loin des regards importuns ,
» nous pourrons sans crainte, satisfaire à l'impatience de
» nos desirs, nous abandonner à nos transports amoureux ,
» et mourir de plaisir dans les bras de la volupté ».

SÉVÉRINO.

Ô comble de scélératesse.!!! voilà le fruit de votre
aveugle confiance, Madame. —— Voilà les leçons de vertu
que donnait à votre fille ce respectable directeur , ce
modèle de *perfection* et de *sainteté.* (*il lui donne la lettre*).
Douterez-vous encore de ses efforts criminels pour la séduire
et la corrompre.....?

Madame BELCAMPO, (*après avoir regardé la lettre,*
paraît accablée).

Il n'est que trop vrai. —— Quelle horrible perversité..!!
Quelle profonde hypocrisie.!!! et ma fille était d'intelligence
avec lui. —— Que de coups terribles m'accablent à la fois..!!!

M. BELCAMPO.

Eléonore. —— Est-il bien possible....? Cette lettre dont on
vous parle est-elle votre ouvrage...? Il répugne à votre
père de vous croire coupable. —— Hélas! répondez ;
faudra-t-il que je meure de honte et de douleur ?

ELEONORE.

Ô mon père, ne condamnez point la malheureuse
Eléonore, elle ne survivrait point à la perte de votre
estime et de votre tendresse. —— Votre fille n'a point
écrit cette lettre criminelle. —— Ce monstre, par la plus
atroce calomnie, a voulu me perdre en se perdant lui-
même. —— Oui, le ciel m'est témoin de mon innocence,
et tôt ou tard il confondra l'imposture et fera triompher
la vérité.

FLORVAL, (*qui est instruit de tout par Valmin, ne peut plus se contraindre et dit avec éclat*).

C'est trop long-tems la laisser cachée. —— Il faut que tout soit connu et que la vertu de la belle Eléonore cesse enfin d'être obscurcie. —— Sachez que Valmin. . . . .

V A L M I N, (*l'interrompant*).

C'est moi, qui vais tout dire. —— Après avoir organisé pour vous la victoire, me réfuseriez-vous l'honneur de la proclamer?—— Oui, Monsieur. —— Oui, Madame ; c'est moi, qui, quoique moins rusé qu'un moine, lui ai tendu le piège dans lequel il vient de se prendre. (*à Florval et Eléonore*). Je vous avais promis de démasquer cet imposteur ; j'ai tenu parole. —— Il falloit un stratagème ; mon esprit inventif n'est point resté court. —— Le moine Sévérino brûle d'un feu sécret pour Mademoiselle Eléonore, ai-je dit à Rosine. —— Hé-bien, servons nous adroitement de sa passion ; écrivons, au nom d'Eléonore une lettre, écrivons-la dans le style enflammé des amans. —— Ne ménageons point les douceurs ; flaîtons, caressons son amour. Faisons si bien enfin, qu'il ne puisse résister à cette douce amorce. —— En effet, la lettre est écrite ; le moine, ne connaissant point (*à Eléonore*) votre écriture, pour écarter tout soupçon, Rosine la cachette avec votre chiffre. —— Le poulet ainsi conditionné est confié à votre vieille domestique, qui le remet au père Sévérino. —— L'amour extrême de ce moine a servi nos projets. —— Il est arrivé ce que j'avais prévu. —— Cette lettre excite ses transports. L'idée du bonheur qui lui est promis ne lui permet plus de réfléchir : il ne se connaît plus ; et dans le délire de sa passion, il écrit rapidement cette réponse *édifiante*, cette *religieuse* et *sainte épître*, que vient de me remettre notre *messagère*, et que vous avez actuellement sous les yeux.

M. B E L C A M P O.

Ah ! je respire. —— Ma fille n'est point coupable.

V A L M I N, (*à Florval*).

Voilà notre expédient. —— Comme je craignais votre délicatesse extrême, je n'ai point voulu vous le communiquer. —— Aux yeux de bien de personnes il ne sera point ingénieux sans doute; mais qu'importe la finesse de l'invention, quand on a le mérite de la réussite? —— Si notre moine eut été un véritable *tartuffe*, j'avoue la foiblesse de mes moyens; il eut fallu l'art de Molière pour le démasquer; mais pour un fourbe de cette espèce, il a suffi d'un Grenadier.

ROSINE.

Le père Sévérino s'avance.

VALMIN, (*à M. et Mad. Belcampo*).

Dissimulez un instant. —— Contraignez-vous. —— Laissez cet imposteur jouer son rôle infame jusqu'au bout.

Madame BELCAMPO, (*le regardant entrer*).

(*à part*). Sa présence me fait horreur.......

SCÈNE IV.

Les précédents, le père SEVERINO, GÉRONIONI,
(*qui paraît craindre de rencontrer Valmin*).

Le père SEVERINO, (*après avoir salué profondément*).

Je bénis le Ciel qui vous réunit tous ici, pour apprendre une nouvelle qui doit vous causer la plus grande joie. —— Le Seigneur a exaucé vos vœux, Madame, et la prière de son Serviteur; vous êtes au comble de vos désirs; —— la chère Eléonore n'a point trahi nos espérances; elle revient de ses erreurs; elle renonce à ses attachemens frivoles dont elle reconnaît le danger; elle a confié ses sages résolutions à son directeur, et je viens, en son nom, vous dire que, jalouse de se soumettre à vos volontés, elle accepte (*il regarde Florval par côté*) aujourd'hui l'époux que vous lui destinez. —— Profitez, Madame, de ces heureuses dispositions, et de concert avec M. Belcampo, qui ne peut qu'applaudir à l'heureux choix qu'a fait sa fille, empressez-vous de conclure avec M. Géronioni un mariage qui, dans les circonstances actuelles, doit assurer le bonheur de votre chère Eléonore et le repos de la famille.

M. BELCAMPO, (*après un moment de silence, et après avoir considéré le père Sévérino*).

De quel front, imposteur, abominable que vous êtes, osez-vous reparaître devant nous ?

Le père SEVERINO, (*surpris et à part*).

Que signifie cet accueil....?

FLORVAL.

Que cela ne vous surprenne point, Monsieur, le front d'un prêtre ne rougit jamais.

VALMIN.

Oui, Monsieur, ces gens-là sont de toutes les couleurs ; mais jamais celles de la honte ne parurent sur leur visage.

M. BELCAMPO, (*au père Sévérino*).

Reconnaissez-vous cet horrible écrit, signé de votre main. . . . . . ?

Le père SEVERINO, (*à part*).

Je suis trahi. —— (*Il reste les yeux baissés et les bras croisés ; il est comme impassible*).

VALMIN, (*d'un ton goguenard*).

C'est moi, mon Révérend père, ne vous en déplaise, qui vous ai joué ce petit tour là. —— C'est moi, qui suis *cette belle Éléonore* qui vous a écrit, *cette Éléonore adorée* à qui *vous avez répondu*, *cette divine amante* que *vous aimez*, *que vous adorez*, *que vous idolâtrez*, que *vous brûlez de posséder*. —— Oui, c'est à moi, que vous avez dit toutes ces belles choses là. —— C'est enfin moi, qui, triomphant, par une ruse, de votre hypocrisie, viens de mettre au grand jour vos lâches manœuvres et votre détestable conduite.—— Hé pourquoi ! diable aussi, *maître renard*, étiez-vous si avide de *friandise* ? —— J'ai bien prévu qu'un *gourmand* comme vous mordrait à l'hameçon, et s'y prendrait comme un sot.

M. BELCAMPO, (*à M. Géronioni*).

Voyez, Monsieur, à quel prix et dans quels affreux

desseins ce moine hypocrite et suborneur sollicitait ici pour vous la main de ma fille.

GERONIONI, (*après avoir considéré la lettre*).

Vraiement, mon cher père, vous aviez de louables intentions.—— Vous l'amant, moi le mari ; vous le cœur et moi la main ; vous les faveurs et moi. . . . . (*il fait des signes significatifs*). Ah ! grand merci ; mon Révérend de votre *saint ministère*. . . . : . . .

ROSINE, (*à M. Géronioni*).

On voit bien que son zèle à vous servir, Monsieur, n'était point *le zèle de la maison de Dieu*.

Madame **BELCAMPO**, (*sortant de son abattement silencieux et s'approchant*).

Misérable ! ! ! vous m'avez cruellement trompée, en cachant, sous le *voile de la religion et d'une fausse piété*, *la noirceur et l'immoralité* profonde de votre ame. —— Monstre, qui par vos odieuses calomnies, troublâtes la paix et l'harmonie de deux époux, qui par vos perfides conseils vouliez me rendre le tyran de ma fille et la complice de son déshonneur et de vos passions criminelles. Otez-vous de devant mes yeux et n'y réparaissez jamais.

Le père **SEVERINO**, (*d'un ton caffard*).

Madame, vous croyez. . . . . .

Madame **BELCAMPO**.

Sortez à l'instant. —— Allez, vil corrupteur ; allez loin de nous, vous abandonner à vos rémords, si votre ame endurcie dans le crime en est encore capable.

FLORVAL.

Sortez donc, malheureux ! ou craignez de provoquer ma colère. (*Il dit ces mots en enfonçant son chapeau, et portant sa main à la garde de son épée*).

Le P. SEVERINO, (*après avoir regardé Florval et Valmin*).

Traîtres de Français! —— Vous triomphez.—— Allez.—— Je serai vengé. (*Il sort précipitamment*).

FLORVAL.

Apprenez, Madame, à connaître les prêtres.

SCÈNE V, et dernière.

M. BELCAMPO, Mad. BELCAMPO, M. GERONIONI,
ELÉONORE, FLORVAL, ROSINE, VALMIN.

Madame BELCAMPO, (d'un air confus).

AH ! que j'avais été trompée sur votre compte, Monsieur
Florval , et que je fus injuste à votre égard. —— Hélas !
Monsieur ! tout fut l'ouvrage de l'imposture et de la
calomnie. ——

FLORVAL.

Ce sont les armes des prêtres , Madame ; ce sont celles
de tous les ennemis de la France ; ils trouvent plus facile
de nous calomnier que de nous vaincre.

Madame BELCAMPO, (à Éléonore).

Que M. Florval soit votre époux , ma chère Éléonore ;
j'y consens avec le plus grand plaisir. —— Heureuse si en
vous donnant, Monsieur, cette preuve de mon estime,
je puis vous faire oublier mes erreurs et mes injustices
passées. —— Monsieur Géronioni ne sera pas fâché sans
doute que dans ces circonstances. . . . . .

GERONIONI.

Bien loin d'être fâché de tout ceci , j'en suis très-aise
au contraire, Madame ; —— le beau rôle en effet qu'allait
jouer Géronioni s'il n'eut tenu qu'à ce fourbe de moine...!!
ah ! je vois bien qu'on ne peut-être que dupe quand on
veut être époux à mon âge. —— Monsieur le Grenadier,
vous m'avez fait tantôt une frayeur mortelle ; mais je
m'estime très-heureux d'en être quitte pour la peur.....

VALMIN.

Bah ! bah ! n'en parlons pas ; c'était, Monsieur, pour vous
rendre service.

GERONIONI.

A la bonne heure.

VALMIN.

Eh-bien , Rosine , le cœur ne te dit-il rien ? Ne te
souvient-il point de ce que tu m'as promis ? Serons-nous

spectateurs tranquilles du mariage de mon Capitaine et de ta maîtresse ? Pour moi je ne me démentirai point en cette occasion, (*en s'approchant de Florval.*) et je veux marcher sur les traces d'un si brave Capitaine.

ROSINE, (*elle se range auprès d'Éléonore*).

Et moi je veux suivre aussi l'exemple de ma maîtresse.

VALMIN.

Enfin, grace à nos savantes dispositions, après un long siège et quelques petits combats ; voilà *deux rivaux vaincus et deux belles rendues* ; on ne peut, en quartier d'hyver, faire de plus brillantes conquêtes. (*prenant Rosine par la main*). Allons, allons vite signer le contrat, Rosine ; ce soir on t'accordera *les honneurs de la guerre.*

M. BELCAMPO, (*s'approchant de sa fille et de Florval*).

Allons, allons. (*bas à Rosine*). Je me charge de ta dot, Rosine.

GERONIONI, (*gaiement*).

Par-tout où vous êtes, Messieurs, on voit bien que les Italiens n'auront ni *beau jeu* ni *bonne fortune.* — Ah! vivent les Français pour bien dénouer les intrigues et conquérir des cœurs...!!!

VALMIN.

Oui, parbleu ; vivent les Français...!!! Ils vous apprendront, Messieurs, à faire la guerre et à faire l'amour.

F I N.

73

www.ingramcontent.com/pod-product-compliance
Lightning Source LLC
Chambersburg PA
CBHW060811180626

46818CB00002B/787